U0851234

读客®

读客三个圈经典文库

经典就读三个圈　导读解读样样全

北欧神话

[爱尔兰] 帕德里克·科勒姆 著
(1881—1972)
杨浩田 译

读客三个圈经典文库
经典就读三个圈 导读解读样样全

江苏凤凰文艺出版社
JIANGSU PHOENIX LITERATURE AND ART PUBLISHING

图书在版编目（CIP）数据

北欧神话 /（爱尔兰）帕德里克·科勒姆
(Padraic Colum) 著；杨浩田译. -- 南京：江苏凤凰
文艺出版社，2023.6
（读客三个圈经典文库）
ISBN 978-7-5594-7402-5

Ⅰ. ①北… Ⅱ. ①帕… ②杨… Ⅲ. ①神话－作品集
－爱尔兰－现代 Ⅳ. ① I562.73

中国版本图书馆 CIP 数据核字 (2022) 第 243226 号

北欧神话

［爱尔兰］帕德里克·科勒姆 著　　杨浩田 译

责任编辑　丁小卉
特约编辑　李亚茹　　车　童　　李晨茜
装帧设计　汪　芳
责任印制　刘　巍
出版发行　江苏凤凰文艺出版社
　　　　　南京市中央路 165 号，邮编：210009
网　　址　http://www.jswenyi.com
印　　刷　三河市兴博印务有限公司
开　　本　880 毫米 ×1230 毫米 1/32
印　　张　8.75
字　　数　190 千字
版　　次　2023 年 6 月第 1 版
印　　次　2023 年 6 月第 1 次印刷
标准书号　ISBN 978-7-5594-7402-5
定　　价　55.00 元

江苏凤凰文艺版图书凡印刷、装订错误，可向出版社调换，联系电话：010-87681002。

《新埃达》的扉页，斯诺里·斯图鲁松著
出自18世纪冰岛手抄本

奥丁骑着八足神马斯莱普尼尔，手握长矛贡尼尔

出自18世纪冰岛手抄本

雷神索尔与巨人之战

莫滕·埃斯基尔·温厄绘于1872年

阿斯加德的宫殿瓦尔哈拉

赫尔曼·亨德里希绘于1906年

洛基的惩罚

詹姆斯·多伊尔·彭罗斯绘于1912年

芙蕾雅的项链

詹姆斯·多伊尔·彭罗斯绘于1890年

伊敦恩和她的苹果

詹姆斯·多伊尔·彭罗斯绘于1890年

伊敦恩返回瓦尔哈拉

康斯坦丁·汉森绘于1862年

诸神的黄昏最后的一幕，火海中的阿斯加德

埃米尔·多普勒绘于1905年左右

目 录

第一卷
阿斯加德众神

第二卷
漫游者奥丁

第三卷
女巫之心

第四卷
伏尔松格之剑与诸神的黄昏

三个圈独家文学手册

第一卷

阿斯加德众神

第一章
远古和远方

很久以前，世上曾有另一个太阳和另一个月亮，但与我们今天看到的有所不同。那时的太阳名为苏尔，月亮名为玛尼。苏尔和玛尼身后，各有一匹恶狼[1]追逐。最终，狼追上了他们，并将他们一口吞噬。自此，世界陷入无尽的黑暗与寒冷之中。

那是属于诸神的年代：奥丁[2]和索尔[3]、霍德尔[4]和巴德尔[5]、提尔[6]和海姆达尔[7]、维达[8]和瓦利[9]，以及诡谲多变、亦正亦邪的

---

1 天狼斯库尔追逐太阳，天狼哈提追逐月亮。在北欧人眼中，它们代表恶势力，时常跟在善势力后，企图破坏光明与美好，使世界复归黑暗。——译者注（如无特殊说明，本书注释均为译者注）

2 众神之父。

3 雷神，奥丁之子。

4 黑暗之神，奥丁之子。

5 光明之神，奥丁之子。

6 战神，奥丁之子。

7 彩虹桥守卫者，奥丁与扬波九仙女之子。

8 森林与沉默之神，奥丁与女巨人格莉德之子。

9 自然之神，奥丁与女巨人琳达之子。

洛基[1]。还有众多美丽的女神：弗丽嘉[2]、芙蕾雅[3]、南娜[4]、伊敦恩[5]和西芙[6]。然而，当太阳和月亮被吞掉时，众神的生命也将走到尽头——除了巴德尔，因为他在那之前就丢了性命。最后幸存下来的，只有奥丁的儿子维达和瓦利，以及索尔的儿子摩迪和曼尼。

那时，人类也已经存在。但在日月被侵吞、诸神遭毁灭之前，这世上发生了许多可怖的事情。暴雪掩埋了四方大地，一下就是三个冬季[7]。狂风侵袭，席卷万物。人类抵御风雪存活下来，却将斧头挥向同胞，自相残杀，直至人类也归于灭亡。

那时的大地也有另一副面貌，是一个绿意盎然、景色宜人的地方。可风暴突然袭来，将森林、山丘和房屋夷为平地。天火降临，焚烧大地。那里一片漆黑，因为太阳和月亮都已落入狼口。诸神遭到了厄运。上述天地惊变的时刻，被称为"拉格纳洛克"，即诸神的黄昏。

此后，又出现了一对新的太阳和月亮。她们在天际遨游，看上去比苏尔和玛尼可爱多了，身后也不再有恶狼追逐。大地重新披上一层绿衣，焕发出勃勃生机。而在森林深处，天火未能触及之地，正有一男一女苏醒过来。他们被奥丁藏于此处，并在睡梦中躲过了

---

1 谎言与诡计之神、火神。

2 天后，众神之父奥丁之妻。

3 爱神，夏日之神奥都尔之妻。

4 光明之神巴德尔之妻。

5 青春女神，诗歌、智慧与雄辩之神布拉吉之妻——阿斯加德万年花园的主人。

6 丰收女神，雷神索尔之妻。

7 即芬布尔之冬，北欧神话中的重要事件，预示诸神黄昏的来临。芬布尔之冬会持续三个冬季，分别是风之冬、剑之冬和狼之冬，其间太阳失去热力，春夏秋也不复存在，兄弟父子互相残杀，暴力和混乱在黑暗的大地上不断孳生蔓延。

诸神的黄昏。

女人名叫利弗[1]，男人名叫利弗特拉希尔[2]。两人在世界各地游历，他们的子女，以及子女的后代不断繁衍，成了新世界的人类。神族的血脉只剩下奥丁的儿子维达和瓦利，以及索尔的儿子摩迪和曼尼。在新世界中，维达和瓦利发现了上一代诸神留下的刻写石碑，上面记载了"拉格纳洛克"，即诸神的黄昏来临之前所发生的一切。

在诸神的黄昏过去后，人类不用再像先人那样承受无端的灾祸，也不必再为旷日持久的战争而苦恼。战争的发动者是一个可怕的种族，他们自世界之初便与诸神交战，给万物生灵带来了毁灭性的灾难。

1 Lif，意为"生命"。

2 Lifthrasir，意为"生命的配偶"或"对生命的渴望"。

第二章

修筑城墙

巨人和诸神之间总是纷争不断——巨人企图毁灭世界和人类，而诸神则试图保护人类，让世界变得更加美好。

关于诸神的故事有很多，但首先要讲给你听的，是关于他们修建主城的故事。

众神登上高山之巅，决心在此建造一座伟大的城市，一座巨人永远无法攻克的城市。他们将这座圣城命名为“阿斯加德”，意为“诸神的领地”，并将建址选在美丽的山顶平原。除此之外，诸神还计划在圣城四周筑起有史以来最雄伟、最坚固的城墙。

一天，正当他们着手修建大厅和宫殿的时候，一位异乡人向他们走来。众神之父奥丁上前询问道：“你来众神之山所为何事？”

“我了解各位神祇的想法，”异乡人说，“你们打算在此建造一座城市。我不会修宫殿，但我有能力造出坚不可摧的城墙。请让我在城外筑起围墙，为诸神效力。”

“建起这样一堵墙，要花多少时间？”众神之父问道。

“一年时间，哦，奥丁。”异乡人答道。

奥丁心想，如果这墙真能建好，那阿斯加德就有了保障，诸神也不必再时刻防范巨人的进攻，而他也可以到人类中去，帮助他们，并向他们传授技艺。他想，如果这城墙真能建好，那异乡人开口要多少钱都不过分。

异乡人来到诸神大会，发誓在一年之内建好城墙。同样，奥丁也向他承诺，如果他能在一年之内砌好城墙上的最后一块砖，那诸神也将满足他所提的任何要求。

异乡人离席后，第二天就回来了。他开始工作的那天正是入夏的第一天。他只身一人前来，除了一匹高头大马，什么帮手也没带。

一开始，诸神以为这匹马只能运运筑墙的石头，可它的能耐却远不止于此。它会把石砖放好，再用灰泥把它们砌起来。这匹马日夜不停、晨夕不休地工作，很快，就在众神亲手筑造的宫殿周围建起一堵高墙。

“异乡人会向我们要求什么样的奖励？”众神议论纷纷。

奥丁找到异乡人，说：“我们为你和你的马所做的工作感到惊奇，阿斯加德的高墙必将在入夏的第一天建成，这一点不会有任何人怀疑。你想要什么作为酬劳？我们会提前为你备好。”

异乡人停下手头的工作，只让那匹马继续堆石砌墙。“哦，众神之父，”他说，“哦，奥丁，我想要的是太阳和月亮，还要让看护花草的女神芙蕾雅做我的妻子。”

听闻此言，奥丁顿时怒不可遏，因为异乡人要的这些可都是无价之宝。奥丁回到金碧辉煌的宫殿中，向正在筑城的众神传达了异乡人的要求。男神们怒道："没有了太阳和月亮，世界会逐渐凋零。"女神们也说："没有了芙蕾雅，阿斯加德也会失去光彩。"

他们宁愿废弃这修了一半的城墙，也不愿满足异乡人的痴心妄想。就在这时，众神之间有人发话了，那就是洛基，可他只能算半个神族，因为他的父亲是风暴巨人。"没事，让那家伙继续为阿斯加德筑墙吧，"洛基说，"我会想办法叫他知难而退。来人告诉他，城墙必须在入夏的第一天前修建完毕，若届时仍未完工，他之前谈好的一切条件都将作废。"

众神找到异乡人对他说，在来年入夏的第一天前，哪怕只有一块石头没有砌上城墙，他也休想得到太阳、月亮和芙蕾雅。这时，众神才意识到，这异乡人原来是巨人族的一员。

巨人和巨马干起活来比之前更加卖力了，筑墙的速度也快了许多。到了晚上，巨人熟睡之时，巨马仍在工作，它托起石块，用硕大的前蹄把它们垒到墙上。日子一天天过去了，阿斯加德外围的城墙也越筑越高。

可众神见到这高高立起的城墙，心里并不高兴。他们担心到了明年夏天，巨人和巨马会按时交付工作。到时候，苏尔和玛尼，即太阳和月亮，还有芙蕾雅都将落入巨人手中。

可洛基却一点儿也不担心。他不停地安慰众神，说他一定能想个好法子，不让巨人和巨马修好城墙，而且还会叫他主动放弃向众神之父奥丁提出的要求。

还有三天就入夏了。除了城门，其余的部分都已修建完毕，而城门上方，也只剩一块石头等待安放。在睡觉前，巨人吩咐巨马把石头运过来，这样明天一早就能砌好城门。顺利的话，可以提前整整两天完工。

这恰巧是一个美丽的月夜。斯瓦迪尔法利——巨人的巨马——正在拉运一块巨石，这是自它筑墙以来，运过的最大的石头。忽然，它看见一匹娇小的母马向它奔来。巨马吃惊地望着它，因为它从未见过这么漂亮的小母马。

“斯瓦迪尔法利，你个小奴隶。”母马娇俏地跃去，与它擦肩而过。

斯瓦迪尔法利放下石头，叫住了小母马。待小母马回到它身边，巨马质问它：“你凭什么叫我‘奴隶’？”

“因为你呀，只知道没日没夜地替你的主人干活，”小母马说，“他只让你不停地干哪，干哪，干哪，却从不让你享受生活。你甚至不敢放下石头，陪我玩一会儿。”

“谁告诉你我不敢的？”斯瓦迪尔法利愤然道。

“不用人告诉，我就是知道。”小母马轻轻扬起后蹄，奔跑在洒满月光的草地上。

其实，斯瓦迪尔法利早就厌倦了没日没夜地工作。当它看见这雀跃的小母马时，再也无法压抑自己的情绪。它把要拉的石头放在地上，环顾四周，发现那匹小母马正回头望着它。于是，它赶忙奔了过去。

可它怎么也追不上小母马，总是距它几步之遥。小母马在洒满月光的草地上肆意奔跑，时不时回过头来看它一眼。巨马斯瓦迪尔法利只是笨重地跟在它身后。小母马沿着山坡往下跑，斯瓦迪尔法利——此时已沉浸在自由的氛围中，感受着凉爽的晚风和沁鼻的花香——依旧追随着它。在晨光的映照下，它们来到一个洞穴的入口，小母马慢慢挤了进去。斯瓦迪尔法利这才追上它。它们并肩同行，小母马向它温柔地讲述矮人和精灵的故事。

接着它们来到一片果园，互相陪伴玩耍，久久不愿离开。小母马的魅力足以让斯瓦迪尔法利忘记时间的流逝。当它们在果园嬉戏时，巨人却急得上下奔走，四处搜寻巨马的下落。

巨人本想在第二天早上来到城门，放上那最后一块石头，好完成自己的工作，却发现石头并不在墙边。他呼唤斯瓦迪尔法利的名字，却没有听到它的回应。巨人四处寻找，他沿着山坡一路向下，不放过任何一个角落，直至巨人国的边境，可仍未找到斯瓦迪尔法利的踪影。

入夏当天，众神聚在少了一块砖头的城门之下。他们交头接耳，说要是到了晚上还没建好，就不用把苏尔和玛尼，即太阳和月亮交给巨人了，女神芙蕾雅也不用嫁给他了。一天时间很快过去了，巨人终究没能把石头放上城墙。到了晚上，他来到诸神面前。

“你没有按期完成任务，”奥丁说，“既然如此，你提出的苛刻要求，我们也不必遵守。你既得不到苏尔和玛尼，也得不到女神芙蕾雅。”

“只有我才能建起如此坚固的城墙，”巨人怒道，“现在我要亲手摧毁它。”他抬手企图推倒一处城墙，但众神立即擒住他，把他远远扔到了城墙外面。“走吧，以后不要再给阿斯加德添麻烦了。”奥丁命令道。

这时，洛基回到了阿斯加德。他告诉众神，自己是如何化身为一匹小母马，再勾走了巨人的巨马斯瓦迪尔法利。众神安坐在高墙围护的宫殿中，为即将到来的和平欢庆，因为今后不再有人能攻破这座城市了。然而，众神之父奥丁却坐在王位上暗自神伤。城墙的确是建好了，但并非通过正当的手段。诸神许下的誓言被打破，阿斯加德的正义也因此受到损害。

第三章

伊敦恩和她的苹果：洛基置诸神于危险之中

在阿斯加德有一座花园，花园里有一棵苹果树，树上结满了闪闪发亮的苹果。想必您也知道，亲爱的读者朋友，时间的流逝会让人慢慢变老，总有一天，我们会变得佝偻衰弱，头发花白，双眼也不再清澈。然而，居住在阿斯加德的众神却可以长生不老，因为他们每天都要吃一颗树上的苹果，这种苹果可以让年龄停止增长。

青春女神伊敦恩负责照料这棵结满了果实的苹果树。除了伊敦恩，没有人能让这棵树长出果实；除了伊敦恩，没有人摘得了这些闪亮的苹果。每天早晨，她都会去摘苹果，然后轻轻放进篮子里。每天都有男神和女神到花园来吃苹果，这样他们就可以永葆青春了。

伊敦恩从未离开过她的花园。一直以来，她要么待在花园里，要么就待在通往花园的金屋子里。每天，她都会听她的丈夫布拉吉[1]

1 诗歌、智慧与雄辩之神。

讲故事，一个永远没有结局的故事。哦，可突然有一天，伊敦恩和她的苹果都消失不见了。阿斯加德的男女诸神也觉察到衰老的降临。哦，亲爱的读者朋友，我这就把故事的来龙去脉讲给您听。

众神之父奥丁常到世界中庭[1]观察人类的所作所为。有一次，他带上了洛基，就是那个亦正亦邪的洛基。他们在人界游历了很长一段时间，最后来到约顿海姆[2]的边境。

这是一个空旷荒凉的地方，寸草不生，更别提结满果实的大树了。这里没有鸟儿，也看不到任何活物。奥丁和洛基穿越此地时已经饥饿难耐，可是放眼望去，却找不到任何可以吃的东西。

洛基这儿走走，那儿逛逛，终于撞见了一群野牛。他悄悄靠近牛群，偷走并宰杀了一头小牛。他把牛肉切成小条，生了一团火，然后把肉穿在扦子上烤了起来。洛基烤肉的时候，奥丁则在不远处，思考他在人界的所见所闻。

洛基时不时往火堆里添柴，忙得不亦乐乎。最后，他呼唤众神之父奥丁前来享用美食。

奥丁从扦子上取下肉，正准备切，却发现肉还没有烤熟。于是，他微笑着向洛基示意。洛基为自己的失误感到懊恼，他把肉重新穿上去，又往火里添了些木柴。过了一会儿，洛基又把牛肉从扦子上取下，请奥丁在火堆旁落座。

奥丁接过洛基递给他的肉，发现还是生的，好像压根儿就没在火上烤过一样。“洛基，你又在耍什么把戏？”奥丁问道。

---

1 在北欧神话中，世界共分为三层九个国度，其中第四个国度处于世界中央，即人类的国度，又称中庭或是米德加尔德。

2 巨人的国度，北欧神话中九大国度之一。

洛基见肉还是生的，顿时火冒三丈，奥丁这才意识到错怪了他。饿着肚子的洛基把怒火都发泄到了肉和火堆上。他把肉穿到扦子上，继续往火里添柴。每隔一个小时，他都会把肉拿起来检查，确认它们已经熟了。可是每当奥丁接过扦子，把肉取下来时，又会发现它们变成了生肉。

奥丁这下明白了，这块肉一定被巨人施了魔法。他站起身来向前赶路，虽然腹中空空，但是身体依旧强壮。然而，洛基却不愿离开烤肉的火堆。他发誓，一定要把这肉烤熟，绝不能饿着肚子离开这鬼地方。

第二天早上，洛基又拿起了扦子。当他把肉放到火上的时候，突然听见上方传来翅膀扑腾的声音。洛基抬起头，发现空中盘旋着一只巨大的雄鹰，其身形之伟岸可谓史无前例。巨鹰在他头顶上飞了一圈又一圈，最后惊呼道："你怎么连肉都烤不熟？"

"这肉还真不好烤。"洛基说。

"那我替你烤，但你得分我一份。"巨鹰尖声叫道。

"行，来吧，那你来烤。"洛基不屑地说。

巨鹰盘旋至火堆上方，奋力挥动翅膀，霎时间，火光四射，烈火熊熊燃烧了起来。洛基呆立在一旁，他从未感受过如此强烈的热度。只一会儿工夫，洛基就把肉条从扦子上取下来，发现它们已经熟透了。

"我的呢？我的呢？快把我那份给我！"巨鹰忙向洛基叫道。他飞下来，抓起一大块肉，一口吞了下去。吃完后，他又把爪子落到另一块肉上。他就这样一块接一块地吃着，洛基的牛肉眼看就要被他吃完了。

看到巨鹰连最后一块肉都不打算放过时，洛基生气了。他拿起扦子向巨鹰刺去。只听“哐当”一声，像是击中了什么金属似的。定睛一看，扦子的木柄没有脱落，竟直直地插在巨鹰胸前。可是洛基没有松开握着木柄的手。巨鹰猛地振翅起飞，将洛基一并带向空中。

还在恍惚之间，洛基便已身处云端，飞到了很远很远的地方。巨鹰带着他朝巨人的国度——约顿海姆飞去，边飞边嚷道：“洛基，我的朋友洛基，我可算是逮着你了。你先前使诈，害我兄弟白白替阿斯加德修建了城墙。不过，洛基啊，你终究还是落在我的手上。听好了，逮到你的是巨人国的英雄夏基[1]。哦，洛基，你不愧是阿斯加德最狡猾的家伙。”

于是，巨鹰一边尖声唳叫，一边带洛基往约顿海姆飞去。他们飞越了那条将米德加尔德（人类国度）和约顿海姆（巨人国度）隔开的长河。这时，地上的景色突变，洛基低头只能望见无边的冰与石。此处巨山耸立，遮挡了日月，只靠山隙和地缝不时喷出的火柱将一切照亮。

巨鹰在一座冰山上方盘旋。突然，他抖落胸前的扦子，洛基也随之掉到冰面上。巨鹰再一次感叹道：“可算逮着你了，阿斯加德最狡猾的家伙。”说罢，巨鹰丢下洛基，径自往山间的石缝飞去。

对洛基来说，冰霜的滋味可不好受。山顶上风雪交加，还冷得要命，但洛基在心中默念，他绝不能死在这里，他好歹是阿斯加德的居民之一，怎么能是这样一种死法。确实，洛基命不该绝，但他

1 一名山巨人。

的身体却饱受寒冰的折磨，像是被这座山封印了似的。

第二天，扣押洛基的人回来了，但这次不是以巨鹰的模样，而是现出了真身，以巨人的形态来到洛基面前。

“你想离开这座冰山吗，洛基？”夏基问道，“想回到你那快活的阿斯加德吗？你在那里过上了神仙般的日子，可你最多只能算半个神族。洛基，你的父亲是风暴巨人。”

“哦，我只想赶紧离开这鬼地方。”洛基说道。此时，他脸上的泪水已经结成了冰。

“你可以离开，但必须支付相应的赎金，”夏基说，“我要的不是钱，而是伊敦恩篮子里闪亮的苹果。”

“夏基，我可弄不到伊敦恩的苹果。”洛基说。

“那你就在山上待着吧。”夏基说完便转身离开，只留洛基一人在山顶忍受狂风的鞭笞。

不久，夏基又来找洛基索要赎金，洛基无奈地说：“我真不行，没人能从伊敦恩手中拿到苹果。”

“洛基，你这么聪明，总会有办法的。”巨人夏基说。

“伊敦恩，虽说她是个负责任的守护者，但头脑还是挺简单的，”洛基想了想说，“或许我能想个法子骗她出城。她离开阿斯加德的时候，一定会带上她的闪亮苹果，毕竟她对这些果子爱不释手，只有分给男女众神的时候，才会忍痛割爱。”

“好，那你就把她引出城来，”巨人夏基说，“只要她一站到墙外，我就可以立马夺走她的苹果。洛基，以世界之树的名义起誓，你一定会想办法将伊敦恩引出阿斯加德。发誓吧，洛基，说完了我就放你走。”

“我对世界之树伊格德拉西尔起誓，我，洛基，一定会将伊敦恩引出阿斯加德，只要你赶紧带我离开这鬼地方。”洛基说。

洛基话音刚落，巨人夏基便化为一只雄鹰，用爪子擒住洛基，往约顿海姆和米德加尔德的分界河飞去。他们降落在人类的国度——米德加尔德的地界。随后，洛基便动身返回阿斯加德。

此时，奥丁已经回到主城，还把洛基烤肉一事说给了阿斯加德众神听。诸神听说他机关算尽，却难解口腹之欲，不禁哈哈大笑。洛基进门时面露菜色，大家都以为他只是饿了太久，于是笑得更厉害了。但笑完之后，他们还是把洛基领进宴会厅，用最丰盛的食物和从奥丁杯中斟出的美酒，为他接风洗尘。宴会结束后，诸神便像往常一样去伊敦恩的花园吃苹果。

伊敦恩正坐在通往花园的金屋子里。如果她下到凡间，让人们一睹她的肌肤和容颜，定会让所有人想起那个曾经天真无邪的自己。她的眼睛如天空那般湛蓝，每一个笑容似乎都忆起了什么不经意间的美好。那一篮子闪亮的苹果就在她身边。

伊敦恩给男女诸神各发了一个苹果。诸神吃下苹果，心情舒畅，因为今天的他们又不用变老了。接着，众神之父奥丁以卢恩符文[1]为伊敦恩祈福。仪式结束后，阿斯加德诸神便离开伊敦恩的花园，回到了各自金碧辉煌的宫殿中。

所有人都离开了，只剩亦正亦邪的洛基还留在那里。他坐在花园的角落，目不转睛地盯着美丽单纯的伊敦恩。过了一会儿，她向他问道：“你怎么还在这里，聪明的洛基？”

---

1 Rune，意为“神秘”，是北欧最早的文字之一，又译“如尼文字”。

“为了瞧一眼你的苹果，”洛基说，“我昨天呢，在外面发现了一种神奇的苹果，光彩夺目呀，似乎比你篮中的苹果更加闪亮。”

“这世上不可能有苹果比我的更加闪亮。”伊敦恩说。

“奇怪了，可我昨天看到的确实亮一些，”洛基说，“对了，它们闻起来也更加香甜，伊敦恩。”

洛基这番话让她苦恼不已，因为她一向认为洛基是智慧的化身。一想到这世上有苹果比她的更加闪耀，她的双眼便噙满了泪水：“哦，洛基，这不可能是真的。它们是我亲手从树上摘下来的，不会有苹果比它们更闪亮、更香甜了。”

“你不信的话，”洛基说，“就自己去看看吧。那棵苹果树就长在阿斯加德城墙外边。你呀，伊敦恩，总是待在自己的小花园里，从来没见过外面的世界。去吧，去城外开开眼界。”

“好，洛基，我这就去。”美丽又单纯的伊敦恩说。

伊敦恩走出阿斯加德，到了洛基刚才提到的苹果树那里。她左顾右盼，却什么也没发现。忽然，她感到一阵风从头顶呼啸而来。抬头一看，竟是一只巨大的鹰，她从未见过如此庞大的雄鹰。

伊敦恩赶忙往阿斯加德的城门奔去。这时，巨鹰向她直扑过来。伊敦恩感觉自己被什么抓离了地面，而且越飞越远——远离了阿斯加德，远离了人类的国度米德加尔德——可距离遍布岩石和积雪的约顿海姆却越来越近了。很快，他们便飞过了分界河，一边是人类的国度，一边是巨人的国度。最后，巨鹰飞进一座山的裂口处，把她扔到一个巨大的洞穴里，岩缝中喷出的火焰是洞穴里唯一的光亮。

巨鹰松开抓住伊敦恩的爪子，她跌落下来，无力地瘫坐在地上。巨鹰的翅膀和羽毛纷纷脱落，伊敦恩这才知道掳走她的是一个可怕的巨人。

“啊，你为什么把我从阿斯加德抓来这里？”伊敦恩惊叫道。

“这样我就能吃到你闪亮的苹果啦，伊敦恩。”巨人夏基说。

“不可能，你休想吃到我的苹果。”伊敦恩愤然道。

“把苹果交出来，我就放你回阿斯加德。”

“不，不，不可以。诸神将苹果托付给我照料，我只能把它们分给阿斯加德的诸神。”

“你不给，我就自己拿。”巨人夏基不耐烦地说。

他一把抢过伊敦恩手中的篮子，并打开来看。可当他的手碰到苹果时，它们瞬间失去了水分。他把苹果放回篮子，再把篮子放到地上。他明白了，得让伊敦恩亲手把苹果递给他，否则这些苹果对他来说毫无用处。

“你不给我苹果就别想走！”夏基恶狠狠地说。

可怜的伊敦恩害怕极了：她怕这诡异的山洞，怕地下喷出的火焰，怕面目可憎的巨人。然而，她最担心的还是阿斯加德，若是诸神一直吃不到苹果，那么后果将会不堪设想。

巨人又来找她。可是伊敦恩仍不肯把苹果交给他。她就这样被囚禁在山洞里，巨人每天都来骚扰她。伊敦恩越来越害怕，因为她在梦中看到阿斯加德众神去了她的花园，可是没人给他们苹果吃，他们能感觉到彼此都在日渐衰老。

事实正如她梦中所见。阿斯加德众神——奥丁和索尔、霍德尔和巴德尔、提尔和海姆达尔、维达和瓦利，以及弗丽嘉、芙蕾雅、南娜、西芙——每天都会去伊敦恩的花园，但是没人替他们摘苹果了。男神女神开始出现了变化。

他们的步态不再轻盈，双肩不再舒展，眼眸也不再如露水般清澈透亮。他们注意到彼此的变化。衰老的厄运正降临到阿斯加德诸神头上。

他们意识到：终有一天，弗丽嘉的头发会变白，容颜也会老去；西芙的金发也会失去光泽；奥丁的思维将不再敏捷；索尔也不再有力气举起他的雷神之锤。众神闷闷不乐，仿佛阿斯加德也失去了它原有的光辉。

能给阿斯加德诸神带去青春、力量和美貌的伊敦恩到哪儿去了？诸神寻遍了人界也没有找到她的踪影。这时，奥丁灵光一闪，想到了一个寻找伊敦恩的好办法。

他召唤出自己的两只神鸦，胡金和穆宁[1]。这两只渡鸦在人类的国度和巨人的国度之间穿行，它们不但通晓古今，还可以预测未来。两只乌鸦应声而来，一只落在他左肩，一只栖在他右肩，告诉了奥丁那个不为人知的秘密：巨人夏基对阿斯加德众神享用的苹果觊觎已久，并利用洛基，骗走了美丽单纯的伊敦恩。

于是，奥丁召开诸神大会，把两只神鸦带来的消息公布于众。听闻此言，雷神索尔冲向洛基，一把将他擒住。洛基感到自己被强大的神力压迫着，动弹不得，只能无奈道："哦，索尔，你想把我怎么样？"

"我要把你扔进地下深渊，再召集雷电劈你，"强大的雷神

---

1 胡金（Hugin）和穆宁（Munin），本义分别为"思想"和"记忆"。

说，“伊敦恩就是听了你的话才离开的阿斯加德。”

“哦，索尔，”洛基赶忙求饶，“你的雷霆威力太大了，我可承受不住。不要把我逐出阿斯加德。我一定会想办法救回伊敦恩。”

“诸神已作出判决，”索尔说，“你——阿斯加德最狡猾的家伙——将独自前往约顿海姆，从巨人手中救出伊敦恩。”

“我去，我去。”洛基连声应道。

洛基向奥丁的妻子弗丽嘉借来了鹰之羽衣。他披上羽衣，化身为一只猎鹰往约顿海姆飞去。

洛基在搜寻的过程中，碰到了夏基的女儿斯卡蒂[1]。他故意飞到斯卡蒂身前，让巨人少女抓住他，把他收作宠物。一天，巨人少女把洛基领进一个山洞，美丽单纯的伊敦恩就被关在这里。

当洛基看到伊敦恩时，便知道任务已经完成了一半。现在，他得想办法带伊敦恩离开约顿海姆，回到诸神的领地——阿斯加德。他当即离开斯卡蒂，往山崖上的峭壁飞去。斯卡蒂弄丢了宠物，伤心极了。她找了很久，最后还是放弃了，一个人离开了山洞。

当斯卡蒂离开后，亦正亦邪的洛基便飞到伊敦恩身边与她交谈。当伊敦恩发现阿斯加德派来了救兵时，忍不住高兴地哭了起来。

洛基告诉她接下来该怎么做。通过诸神赐予的符咒，洛基可以施法将伊敦恩变成一只麻雀。不过在此之前，她从篮子里取出闪亮的苹果，把它们藏到了巨人永远找不到的地方。

1 巨人少女，近海之神尼奥尔德之妻。

斯卡蒂返回山洞时，看到猎鹰飞出，旁边还跟了一只小麻雀。她哭着跑去告诉父亲。夏基一听便知那猎鹰是洛基变的，而小麻雀则是伊敦恩。他立刻化身为巨鹰，前去追赶他们。尽管猎鹰和麻雀已不见踪影，但夏基知道这两个小神飞不过他，于是朝阿斯加德的方向追了过去。

不一会儿，他就看到了洛基和伊敦恩。两人已经拼尽全力，但身后那对巨大的翅膀仍向他们快速逼近。阿斯加德诸神站在城墙上，看到猎鹰和麻雀身后紧跟着一只巨鹰。他们立即意识到，前面逃着的是洛基和伊敦恩，后面追着的则是巨人夏基。

眼看着巨鹰和他们的距离越来越近，诸神担心他们会被中途截住，这样伊敦恩又会被巨人掳走。于是，诸神在城墙上升起一道烈火屏障，他们知道以洛基的身形可以轻松穿越屏障，但夏基对它却毫无办法。

猎鹰和麻雀径直朝烈焰飞去。穿越火墙时，洛基将伊敦恩护在他的羽翼之下。夏基也来到火墙跟前，可是他无法穿行，只能用翅膀扑击火焰。最后，夏基引火上身，从城墙上跌落下来，先洛基一步向死神报了到。

就这样，伊敦恩回到了阿斯加德。她还是像从前一样坐在通往花园的金屋子里，亲手从树上摘下闪亮的苹果，再把它们分发给阿斯加德众神。于是，男女诸神再一次恢复了神采：他们步履轻盈，双眸透亮，面色也红润了起来；衰老逐渐远去，青春向他们招手。阿斯加德重新迎来了光明和喜悦。

第四章

西芙的金发：洛基在阿斯加德惹是生非

阿斯加德的居住者——阿萨神族的男阿萨和女阿萨[1]——以及他们的盟友华纳神族[2]都对洛基抱有成见。其实这也难怪，毕竟他与巨人狼狈为奸，抢走了女神伊敦恩和她的苹果。不过，众神发怒却拿他无可奈何的样子，反而让洛基更加肆无忌惮了。

一天，洛基又找到一个恶作剧的机会，这让他兴奋不已。西芙，雷神索尔的妻子，正躺在屋外睡觉。她那一头迷人的金发披散在身上。洛基深知索尔有多么喜欢这一头秀发，也明白西芙因为丈夫的爱而无比珍视它。他决不能放过这个机会。洛基拿出剪子，翘起嘴角，把那头柔顺的长发一根一根剪了个干净。西芙睡得香甜，甚至没发觉她的“宝贝”已被人夺去。洛基给她留下的只有一个修

1 男阿萨（Æsir）和女阿萨（Asyniur）同属于阿萨神族（Aesir），即上文提到的男女诸神。阿斯加德（Asgard）的字面意义便是“阿萨神族的领地”。

2 北欧神话中除阿萨神族之外的另一支神族，以近海之神尼奥尔德为首，居住在华纳海姆。

理过的光秃秃的脑袋。

索尔出门在外，当他返回诸神之城——阿斯加德的时候，发现妻子并没有像往常那样在家中等候他。索尔喊了西芙一声，也没有听到任何回应。他寻遍了诸神的宫殿，依旧没有找到金发女神西芙的身影。

索尔返回家中，突然听见有人轻声呼唤他的名字。他停了下来，发现从石头后面偷偷挪出来一个人影。那个人头上罩着纱巾，索尔差点儿没认出来，那就是他的妻子西芙。索尔赶忙上前，西芙却忍不住哭了起来。“哦，索尔，我的丈夫，”她哽咽道，“别看我。你的目光只会让我无地自容。我将一个人离开阿斯加德，离开兄弟姐妹们的陪伴。我要去斯瓦塔尔法海姆[1]，跟小矮人住在一起。我不能忍受诸神看到我现在这个样子。”

“哦，西芙，”索尔不解地问，“到底发生了什么？你怎么会有这种想法？”

“我的头发全没了，”西芙说，“你最爱的那一头金发不见了，索尔。你肯定不会再爱我了。所以，我必须离开这里，到斯瓦塔尔法海姆去，从此与矮人和侏儒为伴。失去了金发的我，就跟他们一样丑陋。”

西芙说着摘下纱巾，索尔这才看到她美丽的秀发没了踪影。她站在他面前，脸上满是羞愧和歉意。见此情景，索尔勃然大怒。“西芙，这到底是谁干的？”他吼道，“我，索尔，是阿斯加德诸神中最强壮有力的神。我保证会集众神之力替你讨回公道。跟我来

1 北欧神话中九大国度之一，矮人和黑暗精灵居住的地方。

吧，西芙。”他拉起妻子的手，向众神集会的议事大厅走去。

西芙重新戴上纱巾，不想诸神看见她光秃秃的脑袋。但是索尔眼中的怒火，足以让众神明白，西芙受到了多么大的伤害。索尔向他们讲述了西芙的遭遇。随后，议事大厅传出一阵窃窃私语。“肯定是洛基干的。在阿斯加德，除了他，没有人会干这么缺德的事情。”众神交头接耳道。

“洛基，就是他干的，”索尔断言，“他还躲了起来。等我找到他，就把他脑袋给剃了。”

“等一等，别这样，索尔，”众神之父奥丁劝道，“阿斯加德诸神无法杀死对方。我会把洛基召唤过来，你再想办法让他恢复西芙那一头美丽的金发。别忘了，洛基的鬼主意可多了，也能办成许多让人意想不到的事情。”

奥丁一声令下，声音传遍了众神之城的每一个角落，阿斯加德的男女诸神皆听命于此。洛基听见诏令，只得离开藏身之地，到众神集会的议事大厅去。此时的索尔怒形于色，奥丁又肃然危坐，洛基这才觉得，他有必要为剪去西芙的头发作出相应的补偿。

奥丁直言道：“洛基，交给你一件任务：让西芙那一头美丽的秀发恢复如初。”

洛基先看看奥丁，又瞧瞧索尔，看来是没有一点儿商量的余地了。他头脑灵活，思维敏捷，很快想到了该如何恢复西芙的金发。

不过在讲这个故事之前，我得先向你介绍一下，除了阿萨神族的男女诸神，当时还有别的生灵存在。首先，是华纳神族。阿萨神族来到他们建造阿斯加德的山脉时，在那里发现了另外一个种族。他们美丽而友善，不像巨人那样丑陋卑鄙，于是被人亲切地唤为

“华纳诸神”。

虽然华纳诸神长相俊美，性情温和，但他们并不打算让世界变得更加美好。这就是他们不同于阿萨神族的地方。两族神民和睦共处，情谊深厚，华纳神族也会帮助阿萨神族实现他们改善世界的愿望。还记得芙蕾雅吗？——巨人曾试图将她和日月一起掳走，作为修筑阿斯加德城墙的奖赏——她就是华纳神族的一员。还有她的哥哥弗雷[1]，以及兄妹俩的父亲尼奥尔德[2]，他们都属于华纳神族。

在主城之下，大地之上，还有另一种生物——纤巧的精灵，他们四处飞舞，照看世间的花草树木。华纳神族有权掌管精灵族。而在大地之下，洞穴之中，则生活着另一个种族——矮人和黑暗精灵。他们身材矮小扭曲，面貌丑陋不堪，却是这世上技艺最为精湛的工匠。

有一段时间，洛基既不被阿萨神族认可，也不受华纳神族待见，所以他总是去矮人的国度——斯瓦塔尔法海姆打发时间。现在，他受命恢复西芙的金发，便想到也许可以从矮人那里获得一些帮助。

洛基沿着曲折的通道不断向下，向下，最终来到矮人们的冶炼锻造场。所有的矮人都是打铁高手。洛基一进门就发现，他们正拿着铁锤和火钳，将金属打造成不同形状。他在一旁观摩，想看矮人们又有什么新奇的想法。其中一件是柄长矛，它的追踪性能极佳，无论投掷者的技术多么糟糕，都能准确无误地击中目标。另一件是袖珍船，它可以在任何海域航行，折叠之后竟然还可以塞进口袋。

1 丰饶之神。

2 近海之神。

这柄长矛叫贡尼尔[1]，袖珍船叫斯基德布拉德尼尔。

洛基跟矮人工匠们打成一片，不停地夸赞他们的手艺，并许诺赠予他们只有阿斯加德诸神给得起且让矮人一族心动的宝物。洛基连哄带骗，直让那些丑陋的小家伙以为，他们有朝一日能将阿斯加德的一切据为己有。

最后，洛基问道："你们能否将上好的金条锻造成细线——就像西芙金色的发丝那样。她可是雷神索尔的妻子。只有矮人才能打造出如此精巧之物。啊，这儿正好有一块金条，先把它锻打成片，再拉成细丝。我敢说，连诸神都会嫉妒你们的杰作。"

矮人工匠们听了洛基的话，顿时感觉头脑发热，抓起一块足量的黄金便往炉子里扔。接着，矮人们把它取出放在铁砧上，用他们的小锤子反复敲打，最后将它揉成细密如发丝的金线。可是这还不够，人的头发还是过于粗拙了，它必须像西芙头上的金发——她的发丝是世界上最细的东西。于是，矮人们继续捶打，反复揉捏，直到它能与西芙头上的金发媲美为止。锻造好的金丝如阳光一般耀眼夺目。当洛基托起金丝准备好好欣赏时，它竟然直接从他抬起的手中滑落到地上。它是如此精巧，可以盘在洛基掌中，又是如此轻盈，连鸟儿都感受不到它的重量。

这下，洛基对他们更是赞不绝口，许下的承诺也越来越不着边际。尽管矮人一族生性多疑，待人并不友善，但他们全都为洛基所倾倒。洛基在离开之前，甚至向他们索要之前打造的长矛和袖珍船，也就是贡尼尔和斯基德布拉德尼尔。矮人们当时爽快地答应下

1 后为奥丁所有。

来，事后才为自己的行为感到诧异。

洛基回到了阿斯加德，走进诸神会集的议事大厅。这次，面对奥丁严厉的目光和索尔愤怒的眼神，洛基只是微笑着说："哦，西芙，快把纱巾摘下来吧。"当可怜的西芙揭下纱巾时，洛基把手中握着的金丝罩在了她光秃秃的脑袋上。金丝披肩而下，轻盈、柔软，像她之前的头发一样闪耀着光芒。阿萨诸神和华纳诸神看到西芙重新披上一头金发，都由衷地为她鼓掌欢庆。那闪耀的金丝就像在她头上扎了根，正一点儿一点儿地生长出来。

第五章

洛基与勃洛克的赌约

洛基为了与阿萨和华纳两族神民重修旧好，便拿出从矮人那里得到的两件宝物——长矛贡尼尔和袖珍船斯基德布拉德尼尔——上供给两族的首领。阿萨诸神和华纳诸神对这两件神器赞叹不已。洛基把长矛献给阿萨主神奥丁，送给华纳神族首领弗雷的则是那只袖珍船。

得到神器助力的阿斯加德自是如虎添翼，神民们也感到欣喜万分，而靠着送礼大出风头的洛基，此时正扬扬得意地说："只有我手下的矮人工匠才能打造出如此精妙的器物。没错，地下打铁的矮人多了去了，但那些家伙的手艺，就跟他们的外表一样不堪。我的矮人工匠——为我效力的奴仆——只有他们才能创造奇迹。"

不得不说，大言不惭的洛基干了一件傻事。除了为他工作的几个矮人，这世上还有千千万万个矮人存在，而其中一个恰好在场。他躲在奥丁宝座的阴影中，把他们的话听得清清楚楚，可洛基却对此一无所知。那矮人再也无法忍受，径直朝洛基走去，他短小怪异的躯体因愤怒而颤抖着——他就是勃洛克，最为心狠手辣的矮人。

“喂，洛基，你个牛皮大王，”矮人吼道，“你嘴里有一句真话吗？我的哥哥辛德里才是斯瓦塔尔法海姆最出色的铁匠。他才不屑于听你使唤呢。”

阿萨诸神和华纳诸神见洛基牛皮吹到一半就被勃洛克拆穿，不觉笑出了声，可他们越笑洛基就越感到愤怒。

“住嘴，矮东西，”洛基怒斥，“叫你哥去我朋友那儿进修一下，看看真正的工匠大师是怎么干活的。”

“进修一下！叫我大名鼎鼎的哥哥辛德里去你朋友那儿进修一下！”勃洛克既愤怒，又感到不可思议，“你从斯瓦塔尔法海姆带回来那俩玩意儿，要是放在我哥的作品旁边，阿萨和华纳诸神恐怕瞧都不会瞧一眼。”

“行啊，下次找个机会让我们见识一下你哥哥辛德里的手艺。”洛基说。

“别下次，就现在，”勃洛克喊道，“我用我的脑袋跟你打赌，洛基。到时候，阿斯加德众神就知道谁在说大话了。”

“那我也赌上我的，”洛基说，“一人一颗脑袋。很高兴看你丑了吧唧的脑袋，从你歪了吧唧的脖子上滚下来。”

“我哥是不是斯瓦塔尔法海姆最出色的工匠，不用你来多嘴，诸神见过他打造的器物后自会作出判断。他们也将亲眼见证你的脑袋搬家，你会为你的谎言付出代价。哦，阿斯加德众神，你们是否愿意主持公道？”

“我们会作出公正的判决。”阿萨诸神答道。但矮人勃洛克仍然咽不下这口气，他带着满腔怒火下到斯瓦塔尔法海姆，回到了哥哥辛德里的锻造工坊。

此时，辛德里在他火光四射的锻炉中，摆弄着风箱、铁砧和锤头，身边堆满了金属原料——金、银、铜、铁应有尽有。勃洛克把事情的原委讲给哥哥听，还说他跟洛基打了赌，得让哥哥造出比洛基带到阿斯加德的长矛和袖珍船更神奇的宝物。

“好弟弟，你说得没错，”辛德里说，“该掉脑袋的是洛基才对。但接下来，咱们兄弟得齐心协力。你负责照看炉子，必须让火势始终保持一致，不能加剧，也不能减灭，甚至不能让火苗有片刻闪烁。只要你把火看好，我们就能一起创造奇迹。好了，弟弟，把手放在风箱上，让火始终处于你的掌控之下。”

可让人意想不到的是，辛德里扔进火中的不是一块金属，而是一张猪皮。勃洛克一直拉着风箱，不让火势有一丝一毫的变化。在烈火的灼烧下，那张猪皮不断鼓胀，逐渐变成了奇怪的形状。

然而，勃洛克的工作并没有那么顺利。一只牛虻飞进了铁匠铺。它落在勃洛克的手上，狠狠咬了他一口。勃洛克痛得大喊一声，但双手仍未离开风箱，因为他必须保持火势平稳，而且他知道牛虻是由洛基所变，他会想尽一切办法毁掉兄弟俩的作品。牛虻见势又狠狠咬了下去。尽管疼痛之感像烙铁扎穿了手掌，但勃洛克依旧牢牢抓着风箱，火势既没有加剧，也没有减灭，甚至连火苗都没有片刻闪烁。

辛德里前来查看火势，然后对着火中逐渐成形之物念诵咒语。此时，牛虻已经飞走。辛德里吩咐他的弟弟停工，随后取出火中炼成的神奇之物，用铁锤反复敲打。这确实是一项奇迹——一头野猪，全身金黄，能在空中飞行，腾空而起时身上的鬃毛还闪烁着金光。勃洛克忘记了手上的疼痛，高兴地叫了起来。“这真是最伟大的奇迹，”他高声嚷道，“阿斯加德众神见多识广，怎么判我都不可能输。我这就让洛基脑袋落地！”

但是辛德里说：“金鬃野猪的工艺不赖，但还是比不上长矛贡尼尔或袖珍船斯基德布拉德尼尔。我们得再加把劲儿，打造出更惊人的神器。弟弟，继续拉住风箱，不要让火势有一丝一毫的变化。”

辛德里拿起一个金块，它光芒四射，照亮了矮人们工作的黑暗洞穴。他把金块丢进火中，然后出门准备其他事项，只留勃洛克一人拉着风箱。

牛虻又飞进来了。勃洛克一开始并未察觉，直到牛虻落在他脖子后面。它蜇了一遍又一遍，钻心的疼痛似乎要将勃洛克撕裂。但他没有向疼痛屈服，仍紧握着风箱的把手，因此火势既没有加剧，也没有减灭，甚至连火苗都没有片刻闪烁。当辛德里再次前来查看火势时，勃洛克已经疼得说不出话了。

辛德里又对着火中正在熔化的金块念了一通咒语，然后把它从火光中取出，放在铁砧上敲打。过了一会儿，他向勃洛克展示出一只金环，它就像太阳一般闪耀着光辉。“好弟弟，这臂环漂亮极了，”辛德里说，“正适合戴在众神的右臂之上。它还具备一个隐藏属性，每隔九天就会产出八只与它一模一样的臂环。这就是聚宝之环——德罗普尼尔。”

“我们应该把这只臂环献给奥丁，他是众神之父，”勃洛克说，“这只臂环既精妙，又能给阿斯加德带来财富，奥丁一定会在众神面前大大赞扬我们。哦，洛基，狡猾的洛基，就算你机关算尽也得人头落地！”

“别着急，我的好弟弟，”辛德里说，“我们目前做得还算不错，但仍需要打造出更好的器物，让阿斯加德诸神心甘情愿地奉上洛基的脑袋。弟弟，你继续拉住风箱，不要让火势有一丝一毫的变化。”

这次，辛德里往火里扔的是一块铁，扔完便出门去取打铁用的锤子。勃洛克像之前那样守着风箱。他双手牢牢地握住把手，身体却抖个不停，因为他不知道牛虻什么时候会再次光临。

牛虻来了，勃洛克眼看着它冲进铺子。它在勃洛克四周打转，想找一个咬起来最痛的地方下口，勃洛克急得叫了起来。最后，牛虻停在他的额头上，就在两只眼睛中间。第一口咬下去，勃洛克的眼睛就看不见了；第二口咬下去，勃洛克能感觉到鲜血从伤口涌出。此时，双目失明的勃洛克只觉得洞中一片黑暗。他竭尽全力用手稳住风箱，但他无法判断火势的大小。他高声呼喊，辛德里匆忙赶来一探究竟。

辛德里赶紧对着火里的铁块念诵咒语，然后将它一把掏出。“差一点儿，”他说，“差一点儿就完美了。只可惜你让火势小了一瞬，所以没有达到预期的效果。”辛德里将火中炼成之物放到铁砧上，仔细敲打起来。勃洛克重见光明后，看见一把巨锤，完完全全由铁铸成，但锤柄似乎不够长，无法撑起硕大的锤头，原因就在于铁锤成型之时，火势减弱了一瞬。

“这把锤子叫妙尔尼尔[1]，”辛德里说，“是我目前能够打造出

1 后为雷神所有。

的最强大的神器了。阿斯加德诸神必将视它为珍宝。只有雷神索尔才能举起这把锤子。现在，我可以拍着胸脯说，众神做出的判决不会让我们失望。”

“我们赢定了，”勃洛克高兴地喊着，“阿斯加德诸神肯定会判我们赢。洛基，你这折磨人的家伙，你的脑袋我要定了！”

“阿斯加德可没收到过如此神奇的献礼，而且还对诸神颇有助益，”辛德里说，“你的脑袋算是保住了，去吧，让洛基为自己的傲慢付出代价。把他的头带回来，我要亲手将它扔进火里。”

阿萨诸神和华纳诸神坐在阿斯加德的议事大厅里，一队小矮个儿出现在他们面前。勃洛克走在最前面，身后跟着一群矮人，肩上扛着沉甸甸的宝物。勃洛克和他的随从们站在奥丁宝座四周，等待众神之父发号施令。

“我知道你们为何从斯瓦塔尔法海姆来到阿斯加德，”奥丁庄重道，“你们将为阿斯加德诸神带来做工精妙又大有裨益的神器。来吧，勃洛克，让我们看看你的宝贝。如果它们确实比洛基从斯瓦塔尔法海姆带来的长矛贡尼尔和袖珍船斯基德布拉德尼尔更奇妙、更实用，我们自会把胜利判给你们兄弟二人。”

接着，勃洛克吩咐在一旁待命的随从向诸神展示辛德里制作的第一件宝物。矮人们应声牵出了金鬃野猪。野猪绕着议事大厅飞了一圈又一圈，身后闪烁着一道金色的光影。阿斯加德诸神议论纷纷，都说这头野猪确实非同寻常，但没有人认为它比得上长矛贡尼尔，因为无论投手的技术多么糟糕，它都可以准确地击中目标；或是比得上袖珍船斯基德布拉德尼尔，因为它能在任何海域航行，还可以折叠起来放进口袋。

勃洛克把那头神奇的野猪送给了华纳神族的首领弗雷。

接着，矮人们向诸神展示那只臂环，它像太阳一样闪耀着光辉。诸神都对这耀眼的金环赞叹不已。当矮人们说到它每隔九天就会产出八只与它一模一样的臂环时，诸神更是难掩激动之情，他们都觉得聚宝之环德罗普尼尔是一件绝世珍宝。听到诸神议论声高涨，勃洛克便以得胜者的目光看向洛基，而洛基只是双唇紧闭，一声不吭地站在那里。

勃洛克把这只尊贵的臂环献给了众神之父奥丁。

最后，勃洛克吩咐矮人们将巨锤妙尔尼尔放到雷神索尔面前。索尔大喝一声，抡起巨锤，在头顶上方挥舞。当阿斯加德诸神看到手握巨锤妙尔尼尔的索尔时，都觉得眼前一亮，不禁发出一声感叹："奇迹，这当真是一项奇迹！有了这把锤子，我们的常胜将军索尔将无人能敌。在阿斯加德，没有比巨锤妙尔尼尔更强大的武器了。"

于是，众神之父奥丁在宝座上发言，作出最后的判决："矮人勃洛克带到阿斯加德的巨锤妙尔尼尔确实非比寻常，同时将大幅提升诸神的作战能力。锤子在索尔手中可以将高山夷为平地，也能打击阿斯加德城外的巨人部落。矮人辛德里打造的神器确实比长矛贡尼尔和袖珍船斯基德布拉德尼尔更为出色。诸神对此均无异议。"

勃洛克望向洛基，露出残缺不齐的牙齿，嚷嚷着说："快，洛基，把头低下去，把头低下去。"

"不要无理取闹了，"奥丁说，"洛基是嘲笑过你，折磨过你，但你完全可以换一个方式惩罚洛基，让他尽自己最大的能力补偿你。"

“不行，绝对不可以，”勃洛克叫道，“你们这些阿斯加德的神总是互相包庇，但我呢？要是我输了，洛基就会毫不犹豫地砍掉我的脑袋。不管你们怎么说，他的脑袋已经输给我了。叫他跪下，我自己砍。”

洛基只身上前，抿嘴笑了起来。“矮子，我跪还不行吗？”洛基说，“来，把我的头砍了，但你可得小心，别碰到我的脖子。我们打赌的时候，可没提到脖子的事。只要你敢碰一下，接下来受罚的人可就是你了。”

勃洛克往后退了一步，咆哮道：“这就是诸神的判决吗？”

“你们打的这个赌，”奥丁说，“本身就没什么道理，结出的恶果你不得自己咽下去？”

勃洛克愤怒地看向洛基，竟发觉他嘴角还有一丝笑意。于是，他一咬牙，一跺脚，直冲到洛基面前：“行，我不要你脑袋了，但我得治治你这张破嘴。”

“矮人，你有什么想法？”索尔问道。

“我要把洛基的嘴缝起来，”勃洛克说，“这样他就不能四处散播谣言了。你们任何人都没有权力阻止我这么做。跪下，洛基，好好跪在我面前。”

洛基环视阿斯加德诸神，发现他们都对勃洛克的想法表示默许，于是只好皱着眉头跪了下来。“把嘴给我闭紧了，洛基。”勃洛克命令道。洛基照做了，但眼中尽是怒火。勃洛克从腰带上取下一把锥子，刺穿了洛基的嘴巴，接着拿出一条皮绳，把两片嘴唇绑到了一起。完事之后，勃洛克得意地看着洛基。

“哦，洛基，”他说，“你不是说替你干活的矮人工匠比我哥哥辛德里强吗？你的话已被证明是谎言。我看你以后还怎么吹牛。”

勃洛克神气十足地离开了阿斯加德的议事厅，随行的矮人们列队跟在他身后。他们沿着曲折的通道回到地下，歌颂着勃洛克战胜邪神洛基的光荣事迹。在斯瓦塔尔法海姆，勃洛克和辛德里的功绩永远为后人所传颂。

正因为洛基的嘴被缝上了，阿斯加德才得以从接连不断的恶作剧中找到片刻喘息的机会。当洛基低着脑袋，弯着腰，一声不吭地走在街上时，阿萨诸神和华纳诸神都觉得是他自找的，没有一个人替他感到伤心或难过。

第六章

芙蕾雅的项链

这段时间，洛基既开不了口，也抬不起头，众神见状纷纷议论道："这回洛基该长记性了吧，看他以后还怎么捉弄人。"然而，他们并未察觉，邪恶的种子早已在洛基心中生根发芽，如今它正茁壮成长，并将给美丽的华纳女神——芙蕾雅带去不幸和痛苦。芙蕾雅正是巨人在阿斯加德筑墙时打算索为奖赏，与太阳和月亮一起带走的女神。

芙蕾雅也看到了洛基带进阿斯加德的珍宝：西芙那以金丝织成的头发，还有弗雷那飞翔时鬃毛会发光的野猪。这些金子做成的宝物使她眼花缭乱。芙蕾雅心神不定，寝食难安，做梦也想拥有一件属于自己的稀世珍宝。她时常会想："如果我亲自前往那三位女巨人的山顶，她们会给我什么样的宝物呢？"

在很久以前，环绕阿斯加德的城墙仍未修建，诸神也只建起了拥有十二个席位的议事厅，以及奥丁和阿萨女神的宫殿。那时，曾有三位女巨人造访阿斯加德。

在她们到来之前，诸神已经造好一座熔炉，并开始为修筑宫殿准备金属材料。所有的金属装饰均由纯金打造而成。诸神用黄金修建了奥丁的宫殿——格拉兹海姆，连家具和餐盘都是金子做的。那是诸神的黄金时代，他们从不吝惜与任何人分享黄金，他们是快乐的化身。在阿斯加德的土地上，没有一片阴霾，也没有一丝不祥的征兆。

但三个女巨人来了以后，众神开始重视并囤积黄金。他们不再将黄金视为欢乐的载体，曾经的天真烂漫也不复存在。

最后，三个女巨人被驱逐出境。诸神也不再一门心思囤积黄金，他们开始建造城市，好让自己变得强大起来。

好，让我们说回芙蕾雅，华纳神族可爱的新娘，她又想起了这三位女巨人，以及她们手上光彩夺目的金器。但是她并没有向丈夫奥都尔[1]提起这份念想。因为，奥都尔比阿斯加德任何一位神，都更怀念那单纯美好的时光，那不被黄金束缚的日子。奥都尔决不会让芙蕾雅靠近那巨人盘踞的高山。

但芙蕾雅一直想着女巨人的事，以及她们手上耀眼的金器。“为什么要让奥都尔知道我去找了女巨人呢？”芙蕾雅自对自说道，“只要我不说，没有人能告诉他。再说了，我不过想要几件漂亮的首饰，又不是对巨人族示好。我为自己着想一回，也不代表我对奥都尔的爱减少了一分。”

一天，她趁奥都尔和她年幼的孩子赫诺丝玩耍的时候，悄悄离

1 夏日之神。

开了宫殿。她离开阿斯加德，来到地面之上。在那里，她停留了一段时间，还顺便照料了由她负责的花草。后来，她便向光明精灵打听三位女巨人所在的高山位于何处。

精灵们吓坏了，都不肯告诉她，尽管芙蕾雅是统治他们的女王。于是，她离开光明精灵，偷偷溜进了矮人们所在的洞穴。后来正是这些矮人告诉了她女巨人的住处，但在为她指路之前，矮人们可没少让芙蕾雅吃苦受罪。

“指路什么的都好说，只要你肯陪我们待一会儿。”其中一个矮人对芙蕾雅说。

“你们要我在这儿待多久？”芙蕾雅问。

“不久，待到斯瓦塔尔法海姆的公鸡打鸣就行，”矮人们边说边将她包围起来，“我们都想知道，跟华纳神族的一员共度良宵是什么感觉。”

“我留下就是了。”芙蕾雅说。

接着，一个矮人紧紧搂住她的脖子，用他丑陋的嘴巴亲了上去。芙蕾雅想挣脱，但是矮人们按住她，说：“别动，公鸡打鸣了才能放你走。”

矮人们排着队，一个接一个地凑上去吻她。他们让芙蕾雅坐在成堆的兽皮上。只要看见她掉一滴眼泪，矮人们就会狠狠地骂她、打她。还有一个矮人，就因为芙蕾雅不肯亲他的嘴，就用牙齿在她手上咬了个印子。就这样，芙蕾雅忍受了一夜的屈辱，直到斯瓦塔尔法海姆的公鸡开始打鸣。

矮人们指着一座高山，说当年被逐出阿斯加德的三个女巨人就住在山顶上。女巨人高坐于王位之上，俯瞰着人类的世界。“你到这里来做什么，奥都尔的妻子？”一个名叫古尔薇格[1]的巨人问道。

“唉！我千辛万苦找到你们，当然不是无缘无故的呀。”芙蕾雅说。

“说吧，华纳女神。”第二个女巨人发话道。

第三个女巨人一言不发，只是拿起一条样式别致的黄金项链。“看它多么闪亮呀！”芙蕾雅说，“你们坐在暗处，女巨人，可是这条项链却熠熠生辉。哦，我要是能戴上它该多好！”

“这条项链名叫布里希嘉曼。”巨人古尔薇格说。

“你戴上吧，奥都尔的妻子。”手拿项链的女巨人说。

芙蕾雅接过闪闪发光的项链，绕着脖颈将它戴上。她不敢上前向女巨人们表示感谢，因为她从对方的眼神里读出了恶意。不过，她还是鞠了一躬，接着离开了女巨人们俯视人间的高山。

过了一会儿，她低头看了眼布里希嘉曼，她的痛苦便在瞬间消散了。这是世界上最为精妙的手工制品。阿萨女神和华纳女神中还没有谁拥有过如此绝美的配饰。布里希嘉曼让她看起来越发动人了。芙蕾雅心想，要是奥都尔看见这条项链让她变得如此美丽、如此快乐，一定会原谅她的所作所为。

芙蕾雅从花丛中起身，告别了纤瘦的精灵，往阿斯加德走去。每一个见到她的人都露出惊讶的神情，直勾勾地盯着她脖子上戴的布里希嘉曼。当女神们看见项链时，眼神中不自觉地流露出渴望。

但是，芙蕾雅根本顾不上跟这些人说话。她以最快的速度奔向自己的宫殿。她要在奥都尔面前尽情展示自己，赢得他的原谅。她

---

1 女巫。

走进金碧辉煌的宫殿，呼唤奥都尔的名字。没有人回应。她的女儿小赫诺丝正在地板上玩耍。芙蕾雅将她搂入怀中，但这孩子看见布里希嘉曼时，竟扭过头去哭了起来。

芙蕾雅只得放下赫诺丝，继续寻找奥都尔。宫殿里到处都不见他的踪影。芙蕾雅走遍了阿斯加德众神的居所，去打听奥都尔的消息，但没有人知道他去了哪里。最后，芙蕾雅回到自己的宫殿，等待奥都尔回家。但是，奥都尔再也没有回来。

有一个人向芙蕾雅走去，她就是奥丁的妻子，威严的王后弗丽嘉。“你在等你的丈夫奥都尔吧，”王后弗丽嘉说，“唉，我告诉你吧，奥都尔不会回来找你了。他走了，你为那条黄金项链做出的事，让他心生怨气。奥都尔已经离开阿斯加德，没人知道该去哪儿找他。”

“那我就去外面找他。”芙蕾雅的语气十分坚定。她抹去眼泪，抱起小赫诺丝交到弗丽嘉手上。她乘上自己那辆由两只猫拉动的金车，从阿斯加德下到人类的国度——米德加尔德去寻找离家出走的丈夫。

一年又一年过去，芙蕾雅走遍了大地的每一个角落，寻找呼唤失踪的奥都尔。她甚至去到大地的边界，眺望巨人的国度——约顿海姆，曾经为阿斯加德筑墙，并想把她与太阳和月亮一道掳走的巨人就住在那里。然而，从连接阿斯加德和米德加尔德的彩虹桥碧佛洛斯特到约顿海姆的边界，她都不曾发现丈夫奥都尔的踪影。

最后，她掉转车头，往彩虹桥碧佛洛斯特驶去。这座桥从人类的国度米德加尔德，一直延伸至诸神的领地阿斯加德。海姆达尔是彩虹桥的保护神，也是诸神的守卫者。芙蕾雅去找他的时候，心中还闪烁着一丝希望。

“哦，海姆达尔，”她哭诉道，“哦，海姆达尔，诸神的守卫者，如果你知道奥都尔在哪里，就请告诉我吧。”

“奥都尔在任何一处你还没找过的地方，也在任何一处你已经找过的地方；那些寻找奥都尔的人，永远不可能找到他。”诸神的守卫者海姆达尔说。

芙蕾雅站在彩虹桥碧佛洛斯特的桥头，忍不住哭了起来。威严的王后弗丽嘉听见她的哭声，从阿斯加德出来安慰她。

“唉，弗丽嘉，你别安慰我了，”芙蕾雅说，“如果我这辈子注定找不到奥都尔，你这几句安慰又管什么用呢？”

“那就看看你的女儿赫诺丝吧，她已经是个大姑娘了。”弗丽嘉说。芙蕾雅抬起头，只见一位俊俏的少女站在彩虹桥上。她很年轻，比任何一位女神都更有朝气和活力。她不仅脸蛋漂亮，而且身材窈窕，任谁见了心都会融化。

芙蕾雅心里的缺憾得到了填补。她跟随弗丽嘉走过彩虹桥碧佛洛斯特，重返诸神的领地阿斯加德。她回到自己的宫殿，跟女儿赫诺丝重新生活在一起。

芙蕾雅的脖子上仍戴着布里希嘉曼，那条让她失去了奥都尔的黄金项链。只是现在，她戴上项链不是因为它的光彩，而是为了提醒自己曾经犯下多么大的错误。芙蕾雅仍会不时地哭泣，掉落到地上的眼泪便会化为金珠。因此，那些知晓她故事的诗人将她唤为“泪之女神”。

第七章

弗雷娶妻失剑

弗雷，华纳神族的首领，渴望见妹妹芙蕾雅一面。想必你也能猜到，芙蕾雅当时已经离开阿斯加德许久，正在人间四处流浪，寻找她失踪的丈夫奥都尔。在阿斯加德有一处地标，从那儿可以俯瞰世界，甚至能够瞥见每一个游走于世间的人。那就是希利德斯凯拉夫，众神之父奥丁的瞭望塔。

塔身高高耸起，直入碧蓝的天空。弗雷来到塔边，知道奥丁此时并不在至高王座上。只有平时趴在奥丁脚边的两匹狼，基利和弗雷奇[1]，挡在塔楼的入口前。弗雷以诸神的语言对它们发话，奥丁的两匹狼只得放他过去。

然而，当弗雷拾级而上时，他的内心并不平静，因为登上塔顶很可能是件要命的事。哪怕是身居高位的大神，比如雷神索尔——阿斯加德的守护者，或者巴德尔——最受众神爱戴的光明之神，都

1 基利（Geri）和弗雷奇（Freki），本义均可理解为“贪婪”或“暴食”。

不曾登上塔顶，坐在奥丁的至高王座上。“只要能见妹妹一眼，我就别无他求了，”弗雷自言自语道，“再说了，我只是往外看一眼，又不干别的，也不至于大难临头吧。”

于是，弗雷爬上希利德斯凯拉夫，坐上了奥丁的至高王座。他放眼望去，看到了人类的国度米德加尔德，以及城镇、房屋、农场和各地的居民们。越过米德加尔德，他看到了巨人的王国约顿海姆，那里只有黑压压的山和白茫茫的雪。最后，他看到了仍在漂泊的芙蕾雅，此时的她，正在返回诸神之城阿斯加德的途中。“我从这儿看上一眼就满意了，”弗雷又瞧了眼自己说，“好像也没缺胳膊少腿。”

就在他说话的时候，他的目光被一所房子吸引住了，这房子就矗立在约顿海姆的冰雪之中。他久久地注视着那所房子，连自己也不知道为什么会这样。接着房门被打开，一位巨人少女从屋内走到门边。弗雷目不转睛地看着这位少女。她的脸漂亮极了，像是黑夜中一颗璀璨的银星。少女往外看了一眼，然后转身回屋，把门关了起来。

弗雷在奥丁的宝座上坐了很长时间。然后他走下高塔的台阶，经过基利和弗雷奇，这两匹狼正恶狠狠地盯着他。弗雷穿过阿斯加德，发现这偌大的诸神之城，竟然没有一人能讨他的欢心。那天晚上，他辗转难眠，脑中想的全是白天见到的巨人少女。当太阳升起时，弗雷感到万分孤单，因为他想到两人的距离实在太过遥远。他又去了希利德斯凯拉夫，想再登上塔顶去看她一眼。但这次，弗雷以诸神的语言发号施令，基利和弗雷奇却不让他通过，甚至露出牙齿向他示威。

于是，弗雷转头去找他充满智慧的父亲尼奥尔德诉说心事。“我的孩子，你见到的那个姑娘叫吉尔达，”尼奥尔德说，“是霜巨人吉米尔的女儿。你必须停止对她的想念。你对她的爱只会给你带来不幸。”

“为什么会给我带来不幸？”弗雷不解地问。

“因为你只有献出自己最珍视的东西才可以接近她。”尼奥尔德答道。

“我最珍视的东西，”弗雷说，“是我那把胜利之剑。”

“那么，你愿意交出这把神剑吗？”智者尼奥尔德问道。

“我愿意。”弗雷说着，便从腰带上解下神剑。

“你可得想好了，我的孩子，”尼奥尔德说，“你要是把剑交出去，那么在诸神的黄昏——巨人向众神开战的那天，你要拿什么作武器呢？”

弗雷没有回应，因为他觉得诸神的黄昏还要很久才会降临。“我离了吉尔达就活不下去了。”说罢，他便转身离开。

在阿斯加德有一个人叫史基尔尼尔。他热衷于冒险，说话做事没有一点儿顾忌。只有对史基尔尼尔，弗雷才愿意敞开心扉，倾诉自己的烦恼——其实，这种烦恼就是众神之父对他擅自坐上王座的惩罚。

史基尔尼尔听了弗雷的故事，忍不住笑道：“你，好端端的华纳之神，竟然爱上了约顿海姆的女巨人！真让人笑掉大牙！难不成你还想跟她结为夫妻？”

“但愿我能和她说上话，哪怕是一封信也好，让她了解我的心意，”弗雷说，“但我不能离开这里，精灵们得由我来照顾。”

“要是我同意帮你送信，你会给我什么报酬？”冒险者史基尔尼尔说。

“我的袖珍船斯基德布拉德尼尔，或者我那头会飞的金鬃野猪。”弗雷说。

“不，不，”史基尔尼尔说，“我想拿个随时能用的东西，一件称手的宝物。把你的胜利之剑给我吧。”

这时，弗雷想到了父亲说过的话，在诸神的黄昏降临时，巨人会向诸神宣战。到时候，阿斯加德会陷入危险，而失去神剑的他将变得手无寸铁。弗雷想到了这点，于是离开史基尔尼尔，沉思了许久。与此同时，壮硕的史基尔尼尔正张大了嘴巴笑话他，蓝色的眼睛里尽是嘲讽之意。弗雷告诉自己：“诸神的黄昏还早着呢，但我不能没有吉尔达。”

他从腰带上取下神剑，交到史基尔尼尔手中。“我把剑给你，史基尔尼尔，”弗雷说，“你帮我把话带给吉米尔的女儿吉尔达。把这些黄金和珠宝也带过去，说我爱她，也渴望得到她的爱。”

“我会带她来见你的。”冒险者史基尔尼尔信誓旦旦地说。

弗雷突然想起巨人的国度一片漆黑，前往的途中更是充满了艰难险阻，于是问史基尔尼尔：“你打算怎么去约顿海姆呢？”

“哦，只要有一匹好马和一把好剑，你想去哪儿都行，”史基尔尼尔说，“我自己有一匹高大的神马，你又给了我一把神剑。明天我就可以出发。”

史基尔尼尔骑马跃过了彩虹桥碧佛洛斯特，看到守卫者海姆达尔的时候，仍咧着嘴巴，瞪着蓝眼睛冲他大笑。史基尔尼尔的神马先是踏上米德加尔德的大地，然后渡过了隔断人类的国度——米德加尔德和巨人的王国——约顿海姆的分界河。他不顾一切地驱马向前，正如平时那样，无论做什么都不计后果。穿过铁森林后，史基尔尼尔遇见了那两头看守约顿海姆的恶狼。它们准备一扑而上，将史基尔尼尔和他的马咬碎吞食。好在他腰间佩有弗雷的胜利之剑。它的刃身锋利，寒光乍现，使两头巨兽望而却步。史基尔尼尔再次驱马前行，这回遇到了一堵火墙。别的马都无法在火中穿行，但他的神马却可以。史基尔尼尔骑马穿过烈焰火墙，来到了吉米尔所居住的山谷。

终于，他站到了那所房子面前。弗雷登上希利德斯凯拉夫时，就是在这里看到了吉尔达。守卫吉米尔住处的几条猎犬闻风而来，围着史基尔尼尔狂吠，但神剑的光芒让它们不敢靠近。史基尔尼尔骑马来到门边，让神马扬起铁蹄敲门。

吉米尔正在宴会厅中和巨人朋友们举杯畅饮，他们既没有听到猎犬的叫声，也没有听见史基尔尼尔的敲门声。然而此时，吉尔达正和侍女们在大厅中纺纱，她听见门外的声响便问："是有人来了吗？"

"来了一名骑着巨马的武士。"一位侍女答道。

"就算他是我们的敌人，就算他杀了我的哥哥，我们也不该将一位战士拒之门外。快，领他进来，再给他倒一杯吉米尔的蜜酒。"吉尔达说。

一位侍女把门打开，史基尔尼尔这才进入吉米尔的住处。他在人群中一眼认出了吉尔达。他走上前去，向她展示从弗雷那里带来的黄金和珠宝。"这些都是献给你的，最美丽的吉尔达，"史基尔尼尔说，"只要你肯接受华纳之神弗雷的爱意。"

“把你的金子和珠宝送给其他女孩吧，”吉尔达说，“我不会因为这些东西答应别人的求爱。”

于是，冒险者史基尔尼尔从腰间拔出神剑，举过吉尔达的头顶，口不择言道：“我劝你识相一点儿，把你的爱交给这把神剑的主人弗雷，否则你将死在这把剑下。”

吉米尔的女儿吉尔达，听了这话不为所动，只是带着嘲笑的口吻对鲁莽的史基尔尼尔说：“凡人的女儿或许会害怕这柄剑的锋刃，但别想用它吓唬一个巨人的女儿。”

接下来，鲁莽又口无遮拦的史基尔尼尔举起神剑在她面前挥舞，同时以可怖的语气念起了咒语：

吉尔达，我以神剑的名义诅咒你：
只要剑锋，轻触你的皮肤，
诅咒之力，便会即刻显灵。
像一株蓟草，凋败与你如影随形。
像一株蓟草，四散纷飞永无归处。

听到可怕的诅咒和神剑挥舞时诡异的嗡鸣，吉尔达瘫倒在地，求史基尔尼尔可怜可怜她。但是他没有停下，神剑在她头上闪着寒光，嗞嗞作响。史基尔尼尔吟唱道：

你会变得丑陋不堪，
再无少女的模样。
你会受到无情嘲笑，

凡人、巨人都看不起你，

只有矮人肯娶你。

现在，

我将用剑锋触碰你，

诅咒便会即刻降临。

吉尔达跪在地上，哭着求他不要让神剑的诅咒应验。

“只要你肯答应弗雷的要求。”史基尔尼尔说。

“好，我答应，”吉尔达说，“现在收起你的剑，喝一杯蜜酒，然后离开吉米尔的住处。”

“我是不会喝酒的，也不会离开这里，除非你同意和弗雷见上一面，并亲口向他表明心意。”

“好，我会去见他的。”吉尔达说。

“什么时候？在哪里见？”史基尔尼尔追问道。

“九天之后，在巴里森林，叫弗雷去那儿找我。”

史基尔尼尔这才放下神剑，将吉尔达给他的蜜酒一饮而尽。随后，他一个大步跨上马，离开了吉米尔的住处。回程途中，他不禁放声大笑，因为他不仅为弗雷赢得了吉尔达的芳心，而且还永远地拥有了这柄神剑。

口无遮拦的冒险者史基尔尼尔，骑马越过碧佛洛斯特的时候，发现弗雷正站在彩虹桥的守卫者海姆达尔身边，等待他归来。

“怎么样？有什么消息？”弗雷喊道，“快说啊，史基尔尼尔，你就别下马了，快先告诉我。”

“九天之后，你去巴里森林就能见到吉尔达了。”史基尔尼尔说完便咧着大嘴，瞪着蓝眼睛笑了起来。可这时，弗雷却转过身，自对自说道：

> 一天如此漫长，
> 更别说两天。
> 我能否活着承受，
> 整整九天的煎熬。

弗雷确实度日如年。这天终于来临，他趁着夜色来到巴里森林，见到了巨人少女吉尔达。她还是像那天一样漂亮。当吉尔达看到弗雷是如此高大英俊时，暗自庆幸那个口无遮拦的人逼她作出了爱的承诺。两人互相交换了金戒指。现在婚事已定，巨人少女吉尔达将成为阿斯加德的新娘。

除了吉尔达，还有一位巨人少女也去了阿斯加德。事情的经过是这样的：

阿斯加德众神站在宏伟的城门边上，准备迎接弗雷的新娘。然而，出现在门边的并非吉尔达，而是一位披甲戴盔的巨人少女。

“我是斯卡蒂，”少女气势汹汹地说，“巨人夏基的女儿。我的父亲死在了阿斯加德诸神手中。我是来索要赔偿的。”

“孩子，你想要什么作为赔偿？”奥丁见少女只身前来，又如此勇敢地站在众神面前，不禁心生怜爱。

“我要你们赔我一个丈夫，还得让我亲自挑选，吉尔达的丈夫我也不会放过。”

听到斯卡蒂的话，大家都忍不住哈哈大笑。“好，我同意你在诸神间挑选一个丈夫，但你不能看他的脸，只能通过观察双脚来选出你的如意郎君。”奥丁笑着说道。

“看脸也好，选脚也罢，反正我要的就是他。”斯卡蒂说着，把目光投射到巴德尔身上，阿斯加德城中最俊美的男神。

他们用绑带蒙住了斯卡蒂的眼睛，紧接着，阿萨和华纳诸神围成了一个半圆。她从他们身边走过，俯下身去触碰他们的脚掌。最后，她来到一个人身边。这双脚生得如此完美，她确定脚的主人就是巴德尔本人。斯卡蒂停下脚步，宣布道：“这就是我，斯卡蒂，选择的男人。”

此话一出，阿萨和华纳诸神笑得更厉害了。他们取下斯卡蒂的遮眼布，斯卡蒂这才发现她选中的人不是俊美的巴德尔，而是弗雷的父亲尼奥尔德。不过，她仔细看了眼尼奥尔德，越看越对自己的选择感到满意。尼奥尔德高大威武，相貌更是英气十足。

这一对新婚眷侣，尼奥尔德和斯卡蒂，先是住进了尼奥尔德在海边的宫殿。但是每天早上，海鸥的叫声都会将斯卡蒂吵醒，于是她拉着丈夫住到山顶上——在那儿她就自在多了。然而，尼奥尔德总会思念大海的声音，所以他们就在山和海之间不断迁移。至于吉尔达和她的丈夫弗雷，他们决定在阿斯加德住下。久而久之，阿萨和华纳诸神都渐渐喜欢上了这个巨人少女。

第八章

海姆达尔和小赫诺丝：万物的起源

赫诺丝是芙蕾雅和失踪的奥都尔的女儿，也是阿斯加德年纪最小的神祇。曾有预言说，这个孩子会让她的父母重归于好，所以小赫诺丝常被带到阿斯加德城外，站在彩虹桥边上等父亲归来。一旦奥都尔回到阿斯加德，赫诺丝就能第一时间见到他。

小赫诺丝一直是众神关照的对象，在阿斯加德，每一座宫殿都欢迎她的到来。无论是雾之宫芬撒里尔，众神之父奥丁的妻子弗丽嘉纺织金线的场所；还是光明宫布列达布利克，光明之神巴德尔和妻子南娜的住处；或是闪电宫毕尔斯基尔尼尔，雷神索尔和妻子西芙居住的宫殿；就连瓦拉斯克亚尔夫，奥丁那顶上镶满银盾的主殿也不例外。

诸神的宫殿中最雄伟的便是格拉兹海姆，它是用长有金叶的树——格拉希尔的木头建成的。诸神的宴会就在这座宫殿中举办。小赫诺丝常会往里张望，看见奥丁坐在宴会桌边，身上披着蓝色斗篷，头上还戴着一顶闪亮的鹰盔。奥丁坐在大厅里，什么也不吃，只是喝下诸神酿造的蜜酒。他会把桌上的食物扔给基利和弗雷奇，那两头蜷伏在他脚边的巨狼。

赫诺丝喜欢跑到阿斯加德的城门外，陪着彩虹桥的守卫者海姆达尔一起站岗。只要没有人过桥，她就会坐在海姆达尔身边，听他讲过去的故事。

海姆达尔手中握有一支号角，名为加拉尔[1]。每当有人穿过彩虹桥，他就会吹响号角让阿斯加德众神知晓。海姆达尔还告诉小赫诺丝，他是如何锻炼自己以听见草木生长的声音，并将百里之外的景物收在眼底的。即使到了晚上，他的视力也没有丝毫减损。他从来不睡觉。他还告诉赫诺丝自己有九个母亲，平时从大地和冰冷的海水中汲取能量。

海姆达尔存在于时间之初，对世间万物都了解得透彻。时间一天天过去，赫诺丝坐在海姆达尔身边，知道了有关世界起源的故事。

海姆达尔说："那是在阿斯加德建造之前，奥丁也仍未降生，那时的天空、大地、海洋混为一体，只能看见一个巨大的无底鸿沟。鸿沟北面是尼福尔海姆[2]，极寒之地。鸿沟南面是穆斯贝尔海姆[3]，真火之国。在尼福尔海姆有一口大锅，名为赫瓦格密尔，从中溢出的十二条河流，汇入无底的鸿沟之中。

"无底的鸿沟叫金伦加，汇入其中的河流之水遇冷凝固成冰

---

1 Gialarhorn，"Gialar"有"呼喊"或"大叫"之意；"horn"是"号角"。此神器的名字即"呼喊者"或"歌唱者"，也有版本将其直接音译为"贾拉红"。

2 北欧神话中九大国度之一。

3 北欧神话中九大国度之一。

川。从穆斯贝尔海姆来的火云，又把冰川融化，形成一团团浓雾。雾气下降化为雨露，巨人的始祖尤弥尔便在这露水中诞生。

“远古巨人尤弥尔像往常一样，沿着十二条河流行走，不承想在浓雾中遇见了另一生命奥德姆拉。奥德姆拉是一头巨大的母牛。尤弥尔躺在母牛身边，以吮吸她的乳汁为生。落在地上的露水还孕育出了其他的生命，比如弗洛斯特[1]的女儿们。远古巨人尤弥尔与其中一位结了婚，他们的后代就是巨人族。

“一天，尤弥尔看见奥德姆拉对着一块冰川呼气，还用舌头去舔融化的地方。随着母牛的舌头反复舔舐，尤弥尔看见冰川逐渐显出了人形。它不像巨人那般粗犷，而是更具线条，更有美感。一颗头颅从冰川中显现出来，金色的头发也披散在冰面上。尤弥尔目睹了新生命的诞生，但他憎恨那人的美貌。

“巨大的母牛奥德姆拉继续舔着它呼过气的地方。最后，一个完整的人从冰川中走了出来。远古巨人尤弥尔看不惯那人的一切，恨不得当场杀了他。但尤弥尔知道，如果他真这么做了，奥德姆拉就不会再喂给他奶水喝了。

“那个从冰川中走出来的人叫布利，是众神的始祖，也靠吸食奥德姆拉的乳汁存活。他与远古巨人的女儿相结合并孕有一子。但是尤弥尔和他的儿子们都对布利恨之入骨，他们总是盘算着该如何置他于死地。

“在尤弥尔父子和布利父子之间爆发了一场战争。布利正是奥丁的祖父。强大的奥丁召集了所有的兄弟，一举消灭了尤弥尔和他

1 原文为“Frost”，意为冰霜。

的后代——只有一个巨人活了下来。尤弥尔的身体是如此庞大，以至于倒地身亡时，他的血液喷涌而出，汇成一股洪流，把自己的儿子全部淹死，只有勃格尔密尔幸免于难。当洪水来临时，他正和妻子躲在一艘巨船上。他们顺着洪水一路漂流，直到我们现在称作约顿海姆的地方，也就是巨人的国度。

“奥丁和他的儿子们拖着尤弥尔的尸体——世间最庞大的身躯——把它扔进了无底鸿沟，填补了其中的凹陷之处。他们抽出巨人的骨头，堆积为山脉；他们拔下巨人的牙齿，打造成岩石；他们拽掉巨人的头发，化形为森林；他们把巨人的眉毛变成了人类的居所米德加尔德，又将尤弥尔的头骨变为天穹。

“奥丁和他的儿子们对这个世界还有其他的贡献。他们从穆斯贝尔海姆取来火花和火云，抛上天空，化作日月和星辰。后来，奥丁遇见一位肤色黝黑的女巨人，名叫‘黑夜’，她的儿子名为‘白昼’。奥丁为母子二人准备了两匹马，方便他们在空中巡游。黑夜所驾的霜之马，名为赫利姆法克斯。白昼所驾的光之马，名为斯京法克斯。从赫利姆法克斯的马嚼子上淌下来的唾液，便化为了人间的露珠。

“奥丁和他的儿子们还创造了男人和女人，让他们居住在米德加尔德。丑陋的矮人们长大了，他们迅速繁衍，很快发展成一个独立的种族，分布在世界各地。奥丁不堪其扰，命令他们住到地下的洞穴中去。虽然精灵们被允许留在人间，但他们必须承担起照料花草和溪流的任务。至于华纳神族，奥丁在战后与他们签订了停战协议，并将尼奥尔德带走充当人质。

“勃格尔密尔，那个在尤弥尔血灾中存活下来的巨人，在约顿海姆生养了许多子女。他们对奥丁及其后代恨之入骨，一直与他们作对。当奥丁将日月送上天空，照亮世界的时候，巨人们愤怒极了。他们找来约顿海姆最凶猛的两头巨狼，让它们追赶，并找机会吞噬日月。时至今日，太阳苏尔和月亮玛尼仍被约顿海姆的两头恶狼追逐着。”

就这样，满口金牙的海姆达尔，向阿斯加德最小的神祇赫诺丝讲述了许多扣人心弦的故事。这个孩子经常和他一起待在彩虹桥上，看众神往返于阿斯加德和米德加尔德之间：雷神索尔，头戴星辰之冠，手握妙尔尼尔之锤，乘坐在两头山羊拉的战车上，他双手戴着专为巨锤设计的铁手套，腰上还缠着能使战斗力倍增的神奇腰带；王后弗丽嘉身披鹰之羽衣，像鸟一样迅捷地飞翔；众神之父奥丁则骑着他的八足神马斯莱普尼尔，头戴金鹰盔，身披金铠甲，手握长矛贡尼尔。

海姆达尔把他的号角藏在一棵巨树的枝头。他告诉赫诺丝，这棵树叫伊格德拉西尔，无论在诸神还是人类眼中，它都是一项奇迹。“没有人知道伊格德拉西尔是何时出现的，至于它何时会被毁灭，大家也都避而不谈。

“伊格德拉西尔有三条树根。第一条深入人类的国度——米德加尔德，第二条深入巨人的王国——约顿海姆，第三条长在诸神的领域——阿斯加德之上。在奥丁的宫殿上方生长着伊格德拉西尔的嫩枝，被称为‘和平之枝’。

“小赫诺丝，你能看见伊格德拉西尔，但你对它的传奇故事却有所不知。在树枝上方有四头雄鹿，以树叶为食。它们抖落鹿角上的水滴，坠在地上就成了雨。伊格德拉西尔高耸入云，顶端的树枝上还停了一只无所不知的巨大神鹰，那树枝是如此之高，以至于诸神都很难看个分明。在这只神鹰的喙上栖息着一只小猎鹰，它能看见神鹰注意不到的地方。

“伊格德拉西尔扎在米德加尔德的树根一直深入亡灵的国度。那里有一条恶龙，叫尼德霍格，它不停地啃食树根，想要摧毁世界之树伊格德拉西尔。还有拉塔托斯克那只调皮捣蛋的松鼠——你瞧！它就在伊格德拉西尔树间上下奔忙，挑拨树上的神鹰和地下的恶龙之间的关系。它对龙说，鹰想把它撕成碎片，又对鹰说，龙想将它一口吞食。听了松鼠编造的谎言，恶龙变得更加凶猛，它疯狂啃咬世界之树伊格德拉西尔的根部，只为早日将神鹰吞入口中。

“伊格德拉西尔的树根旁有两个泉眼，一个在上，一个在下。后者就在约顿海姆的树根边上，那是一眼智慧之泉，由智慧老人密米尔看守。只要喝下一口泉水，就能预知未来。另一个则位于阿斯加德的树根旁边，由诺恩三女神[1]看守，谁都不许从泉中舀水喝。她们从中汲出白色的泉水浇灌伊格德拉西尔，好让它保持常青，茁壮生长。你知道吗，小赫诺丝，这眼泉水就叫乌尔德之泉。”

从海姆达尔那儿，小赫诺丝还了解到乌尔德泉边生活着两只漂亮的白天鹅。它们唱歌的声音经常传到诸神耳边，只可惜赫诺丝年龄太小，听不见天鹅美妙的歌声。

1 诺恩三女神，是北欧神话中的命运三女神。其中大姐乌尔德司掌“过去”，二姐薇儿丹蒂司掌“现在”，三妹诗蔻蒂司掌“未来”。

第九章

众神之父奥丁离开阿斯加德

众神之父奥丁有两只渡鸦，分别叫胡金和穆宁。它们每天都会在各个世界穿行，然后回到阿斯加德，轻轻落在奥丁肩膀上，告诉他它们在各界的所见所闻。然而有一次，乌鸦飞出去一天了还没有回来。于是，奥丁登上瞭望塔希利德斯凯拉夫，自言自语道：

我担心胡金，
怕它一去不复返，
但我更害怕失去穆宁。

又一天过去，两只乌鸦终于归来。它们分别落在奥丁的左右肩上。接着，众神之父走进议事大厅，听取胡金和穆宁的报告。议事大厅就在格拉希尔旁边，这棵树长有金色的树叶。

结果，乌鸦告诉奥丁的都是些不祥的征兆。众神之父奥丁没有把这些事情告诉阿斯加德诸神。但是王后弗丽嘉看见丈夫的神情之后，总有一种不好的预感。当奥丁跟她谈起这些事情，弗丽嘉劝他说："不要与命里注定的事情抗争。让我们去乌尔德之泉找诺恩三女神，再确认一下，当你直视她们的双眼时，不祥的阴霾是否仍然无法消散。"

于是，奥丁带领诸神离开阿斯加德，朝乌尔德之泉走去。在伊格德拉西尔粗壮的树根旁，在泉水边，三位命运女神坐在那里，旁边还卧着两只美丽的天鹅。与奥丁同行的还有伟大的剑士提尔、最英俊最受欢迎的光明之神巴德尔，以及手持巨锤的雷神索尔。

在诸神的领域——阿斯加德和人类的国度——米德加尔德之间有一座彩虹桥。除此之外，在天界还有另一座彩虹桥，更加绚烂，也更容易摇晃，从阿斯加德一直延伸至伊格德拉西尔的根部，乌尔德之泉就在树根下方。很少有人知道这座桥的存在。金牙的海姆达尔就站在两座桥的交会处，他是诸神的守卫者，也是通往乌尔德之泉路上的看守人。

"海姆达尔，把门打开，"众神之父奥丁说，"今日诸神要来拜访命运女神。"

海姆达尔应声打开了通往彩虹桥的大门。那座桥比人们在地面上看到的任何一道彩虹都更绚丽，摇晃得也更厉害。奥丁、提尔和巴德尔快步走上桥去。索尔紧随其后，当他一只脚踏上桥时，海姆达尔却伸手将他拦住了。

"其他人可以过桥，索尔，但你不行。"海姆达尔说。

"怎么了，海姆达尔？你还想拦住我不成？"索尔不屑地说。

"没错，因为我是通往命运女神之路的看守人，"海姆达尔说，"你那把锤子太重了，会把这座桥压垮的，更别说你也要走上桥去，它承受不了你们的重量。”

“我不管，反正我今天必须见到诺恩三女神，跟奥丁他们一起。”索尔说。

“别走这条道就行，索尔，”海姆达尔说，“我不可能眼睁睁看着我守护的桥被你和你的巨锤压垮。如果你非要从这里走，那就把锤子留下来。”

“不，不，”索尔说，“我不会把保卫阿斯加德的巨锤交给任何人。要是我们回不来怎么办？”

“还有另一条路也可以通往乌尔德之泉，”海姆达尔说，“你看天边有两条云河，科姆特和厄姆特，你能想办法蹚过去吗？虽然河水冰冷刺骨，但它最终会通向乌尔德之泉，命运女神的所在地。”

索尔抬头望向那两条翻滚的云河。这条路确实不好走，河水冷得让人直打哆嗦。但他要是从这儿走，就可以把锤子扛在肩头，不用交给任何人保管。索尔飞身跃入彩虹桥旁边的那条云河，肩上扛着他的锤子，艰难地向另一条河跋涉。

只见索尔挣扎着从河中爬出来，身上都湿透了，而且还冻得喘不过气来。此时，奥丁、提尔和巴德尔已经来到乌尔德泉边。英俊的提尔气度不凡，轻轻倚靠在镶嵌着卢恩符文的大剑上；光明之神巴德尔微笑着，低头倾听两只天鹅的呢喃；众神之父奥丁神态威严，身上披着饰有金星流苏的蓝色斗篷，没有戴鹰盔，也没有拿长矛。

三位命运女神乌尔德、薇儿丹蒂和诗蔻蒂坐在泉边，泉眼就在伊格德拉西尔树根的凹洞里。乌尔德上了年纪，满头白发；薇儿丹蒂长得很漂亮；诗蔻蒂的相貌却让人难以辨认，因为她坐得很远，头发还遮住了面容和双眼。乌尔德、薇儿丹蒂和诗蔻蒂三人分别知道关于过去、现在和未来的一切。奥丁望向三位女神，甚至直视了诗蔻蒂的双眼。他久久地凝视着命运女神，而其他的神祇则在倾听天鹅的呢喃和伊格德拉西尔树叶落至乌尔德之泉的声响。

从她们眼中，奥丁看到的仍是胡金和穆宁提到的不祥之兆，而且已经逐渐成形。这时，又有其他神祇走过彩虹桥，她们是弗丽嘉、西芙和南娜，分别是奥丁、索尔和巴德尔的妻子。弗丽嘉注视着命运女神，接着又瞥了儿子巴德尔一眼，眼里尽是爱意和悲伤。随后她收回目光，将手放在南娜头上。

奥丁不再注视命运女神，转而望向他的王后弗丽嘉："我要离开阿斯加德一段时间，我的妻子。"

"好，"弗丽嘉说，"你在人类的国度米德加尔德还有许多事要办。"

"我将把我所拥有的知识转化为智慧，"奥丁说，"这样，我们或许能在命运中找到最好的结局。"

"你应该去密米尔之泉看看。"弗丽嘉说。

"好，我会尽快出发。"奥丁说。

"去吧，我的丈夫。"弗丽嘉说。

接着，他们再次跨过彩虹桥，这桥比人们从地上看到的任何一道彩虹都更绚丽，也更摇晃。阿萨男女诸神——奥丁和弗丽嘉、巴德尔和南娜、手握长剑的提尔和西芙——一同往阿斯加德走去。至于索尔，他仍然把巨锤妙尔尼尔扛在肩上，在科姆特和厄姆特之间艰难地跋涉。

当奥丁和弗丽嘉低头穿过大门时，阿斯加德最小的神明赫诺丝也在那里，就站在诸神的守卫者及通往乌尔德之泉路上的看守人海姆达尔身旁。赫诺丝听奥丁如是说："明天我将化名为'威格坦姆'到米德加尔德和约顿海姆游历一番。"

第十章

奥丁探访密米尔之泉

于是，来到人界米德加尔德的奥丁，不再身跨八足神马，不再披挂金色铠甲，头上不戴鹰盔，甚至手中不再持有长矛。他先是在人类的国度——米德加尔德游历，然后来到了巨人的王国——约顿海姆。

奥丁也不再是人们口中的众神之父，而是漫游者威格坦姆。他身穿一件蓝色的斗篷，手里拄着一根旅人的拐杖。在前往密米尔之泉的路上，奥丁遇见了一个骑着巨型雄鹿的巨人。这眼泉水就在约顿海姆附近。

奥丁拥有变形的能力，在人类面前形似凡人，在巨人面前则与巨人无异。奥丁走到骑着巨鹿的巨人身边，与他攀谈起来。“嘿，兄弟，你叫什么名字？”奥丁问道。

“我叫瓦弗斯鲁德尼尔，巨人中的智者。”骑着巨鹿的巨人答道。奥丁早就听说过他的名号。瓦弗斯鲁德尼尔确实是最有智慧的巨人，许多人都希望得到他的点拨。不过，向瓦弗斯鲁德尼尔请教的人，必须回答他提出的谜语，如果答不上来，就会被巨人砍掉脑袋。

“我是流浪者威格坦姆，”奥丁说，“我知道你是谁，哦，智慧的瓦弗斯鲁德尼尔。我得努力向你学习。”

巨人露出牙齿笑了起来。“吼，吼，我跟你玩一场博弈游戏怎么样？”巨人说，“你知道规则吗？我们轮流问对方三个问题，如果我答不出你的问题，我的脑袋就任你处置；如果你答不出我的问题，你的脑袋今后就由我保管。吼，吼，吼，你准备好了吗？”

“我准备好了。”奥丁说。

“那你告诉我，”瓦弗斯鲁德尼尔说，“把阿斯加德和约顿海姆分开的那条河流叫什么名字？”

“伊芬，那条河名叫伊芬，”奥丁答道，“那里的河水冰冷刺骨，却永不封冻。”

“哦，流浪汉，回答正确，”巨人说，“但你还得回答我的其他问题。白昼和黑夜，他们在空中巡游时，骑的马叫什么名字？”

“斯京法克斯和赫利姆法克斯。”奥丁答道。听到这个回答，瓦弗斯鲁德尼尔十分惊讶，因为只有诸神和最有智慧的巨人才知道这两个名字。在这个流浪汉提问之前，巨人只剩下最后一个发问的机会。

“告诉我，”瓦弗斯鲁德尼尔说，“未来的最后一场战役，将在哪个平原上打响？”

“维加德平原，”奥丁说，“它有足足一百里长，一百里宽。”

现在，轮到奥丁向瓦弗斯鲁德尼尔发问了。“奥丁在他的爱子巴德尔耳边，说的最后一句悄悄话是什么？”流浪汉问道。

巨人瓦弗斯鲁德尼尔听到这个问题大吃一惊。他从鹿背跳到地上，仔细打量着眼前这个陌生人。

“只有奥丁自己知道，他最后和巴德尔说了什么，也只有奥丁会问出这样的问题。”巨人说，“哦，流浪汉，你就是奥丁，恕我无法回答你的问题。”

“既然如此，”奥丁说，“你还想保住脑袋的话，就回答我这个问题：若是从密米尔守护的智慧之泉中汲一口水喝，要付出怎样的代价？”

“它会要你的右眼作为代价，哦，奥丁。”瓦弗斯鲁德尼尔说。

“必须付出如此沉重的代价吗？”奥丁问。

“没错，它可不会跟你讨价还价。许多人都曾向密米尔讨水喝，但没有人肯付出相应的代价。哦，奥丁，我已经回答了你的问题，放我走吧，别要我的脑袋了。”

“好，我饶你一命。”奥丁发话道。于是瓦弗斯鲁德尼尔，巨人中的智者，飞身骑上巨鹿便逃开了。

密米尔这口泉水的要价实在太高，众神之父奥丁得知后也不禁感到困扰。他的右眼！从今往后，他的右眼只能看见黑暗！想到这里，他差点儿返回阿斯加德，放弃对智慧的追求。

奥丁漫无目的地向前走着，既没有朝向阿斯加德，也不打算往密米尔之泉的方向前进。他一路南行，直至穆斯贝尔海姆，在那里看见了手持火焰之剑的苏尔特尔[1]。苏尔特尔是一个可怕的人物，在

1 火焰巨人。

诸神的黄昏来临时，他会加入巨人一族与诸神对抗。随后，奥丁向北前行，耳边不断传来大锅赫瓦格密尔的咆哮声，锅中的水流从尼福尔海姆倾泻而出，那里是可怕、黑暗的极寒之地。这时奥丁意识到，不能让世界落入苏尔特尔手中或极寒之地，前者会用火焰将它摧毁，后者会让它重归黑暗和虚无。作为众神之父，他必须赢得智慧从而拯救世界。

面对即将遭受的损失和痛苦，奥丁神情严肃，目光坚定。他不再犹豫，转身向密米尔之泉走去。泉水位于伊格德拉西尔巨大的树根下方——这条树根生长于巨人的王国约顿海姆。密米尔坐在泉边，他是智慧之泉的守护者，深不见底的泉水映衬着他深邃的目光。他每天都从泉中取水喝，因此立即知晓了来者的身份。

“奥丁，众神之父，向您致敬。”密米尔说。

奥丁也向智者密米尔表达了敬意。“密米尔，我想从你的泉中取一口水喝。”奥丁直言道。

“水可以喝，但必须付出代价。没有人听到获取智慧的条件后，敢再向前走一步。那么您呢，众神之父，愿意付出这个代价吗？”

“面对必须付出的代价，我不会退缩，密米尔。”奥丁答道。

“那就请吧。”密米尔说罢，用一只巨大的牛角舀出泉水，递给了奥丁。

奥丁双手捧着牛角，大口喝下泉水，未来的图景也在他眼前变得越发清晰。他看到了诸神和人类必将面临的灾难和不幸，也明白了这些灾难必然降临的原因。同时，他也知道了诸神和人类该怎样积极地面对苦难，才能在世间留下一股力量，而这股力量终有一天能够战胜给世界带来恐惧、悲伤和绝望的邪恶势力，尽管那一天还非常遥远。

奥丁喝完牛角里的水后，用手捂住脸，挖出了自己的右眼。众神之父奥丁强忍剧痛，没有发出一丝抱怨或呻吟。他低下头，用斗篷遮住了脸。密米尔接过那只眼睛，将它投入深不见底的智慧泉中。奥丁之眼就这样悬浮在水中，发出闪闪光亮，向来者诉说众神之父为获取智慧所付出的代价。

第二卷

漫游者奥丁

第一章

奥丁惩治恶人

很久以前，在奥丁还未拥有超凡的智慧时，他曾生活在人类的国度米德加尔德。王后弗丽嘉陪在他身边，他们居住在一个荒凉的岛屿上，人称捕鱼者——格里姆尼尔夫妇。

奥丁和弗丽嘉总是默默地观察人类的子孙，想看看他们之中，有谁可以通过培养和训练获得力量和意志，从而战胜巨人一族拯救世界。当他们逗留在荒岛上时，遇见了国王赫劳丁的两个儿子，奥丁和弗丽嘉都认为这两个孩子天资过人，若是好好培养，将来一定大有作为。奥丁夫妇计划将两个王子带到身边，以便亲自照料，并加以训练。一天，两个孩子出去钓鱼。一阵暴风袭来，把他们的小船刮到了礁石嶙峋的小岛上，那里正是奥丁和弗丽嘉的居所。

奥丁夫妇把两个孩子领进小屋，还告诉他们，会在这个冬天照看并训练他们，等春天来临时，就会造一艘船送他们回到父亲的国度。“让我们看看，”一天晚上，奥丁对弗丽嘉说，“让我们看看，这两兄弟谁才会成为最伟大的英雄。”

奥丁之所以这么说，是因为他更看重其中一个孩子，而弗丽嘉则对另一个更为偏爱。弗丽嘉对哥哥阿格纳评价甚高，他声音柔和，举止文雅，待人友善；而奥丁则更看好年少的弟弟基罗德，他身体强壮，活力四射，声音高亢而嘹亮。

奥丁亲自辅导基罗德，并教他如何捕鱼和打猎。他让这个男孩在岩石间跳跃，让他攀上最高的岩壁，让他越过最宽的峡谷。经过这一番训练，弟弟变得比之前更大胆了。奥丁还把基罗德带进熊的洞穴，只扔给他一柄长矛，让他学会为生存而战。这柄长矛由奥丁亲手打造而成。阿格纳也会捕猎，同样展示出自己的技巧和勇气，但是每一次试炼，他都比不过弟弟基罗德。奥丁总是骄傲地说："基罗德一定会成为一个了不起的英雄。"

阿格纳经常待在弗丽嘉身边。当她纺纱的时候，阿格纳会坐在一旁，听她讲过去的故事。他会提出种种疑问，这让他变得越发睿智和博学。阿格纳从弗丽嘉那里得知了阿斯加德，以及居住其中的阿斯加德诸神，还知道了诸神是如何守护人界米德加尔德，使其免受约顿海姆巨人一族的摧残。阿格纳虽然没有说出口，但他在心里暗下决心，发誓要以自己的生命和智慧，帮诸神完成他们的使命。

春天到了，奥丁为基罗德和阿格纳造了一艘船。他们终于可以回家了。在他们启程之前，奥丁找到基罗德，说自己总有一天会去宫殿看望他。"不要太骄傲，不要轻视前来拜访的渔夫，"奥丁说，"一个真正的国王，应该欢迎任何人前来造访，哪怕是最穷的人也不例外。"

"我会成为英雄，这一点毋庸置疑，"基罗德说，"我也本该成为国王，只怪那废物阿格纳在我之前出生。"

阿格纳向弗丽嘉和奥丁告别，感谢这对夫妇对他和基罗德的照顾。他看向弗丽嘉的双眼，说他一定会想到办法，在战争中助诸神一臂之力。

两个兄弟登上船，划桨离开了。他们航行至父王赫劳丁国土的边境，看到了海边耸立的城堡。这时，基罗德做了一件可怕的事。他掉转船头，回到海洋中央，接着扔掉了船桨。基罗德体格健壮，游过最汹涌的海，爬过最巍峨的山，所以一头扎进水中，奋力向岸边游去，而失去了船桨的阿格纳，只能被困在船上随波漂流。

基罗德爬上峭壁，敲开了父亲城堡的大门。

国王赫劳丁原本已经放弃寻找两个失踪的儿子，如今见小儿子平安归来，心中自是欣喜万分。基罗德告诉父王，阿格纳在回程途中，不慎跌入海中，溺水身亡。国王原本以为两个儿子都已离他而去，因此，只要有一人回来，他都愿称为奇迹。国王将基罗德任命为王位继承人，在他死后，基罗德便成了新一任国王。

如今，饮下智慧泉水的奥丁在人界游历，凭借他所获得的智慧评判国王和百姓的所作所为。最后，他来到基罗德统治的王国。奥丁认为他所见的国王个个品行高尚，德高望重，而基罗德必定是其中之最。

他以流浪者的身份来到国王的宫殿。他披着蓝色的斗篷，拄着流浪汉常用的拐杖，还瞎了一只眼睛。当他走近王宫时，一群人骑着黑马从他身后奔来。领头者策马飞速驰过，没有一点儿避让，差点儿将奥丁撞倒在地。

这队人马来到皇宫门前，大声呼唤仆人和侍从。马厩里只有一个仆人。他只身上前，牵走了领头人的马匹，其余的人便叫流浪汉奥丁去照看他们的马。一些人下马时，甚至还让奥丁给他们扶着脚蹬。

奥丁知道那个领头人是谁了，他就是国王基罗德，而且他也知道在马厩里当差的是谁了，那人就是基罗德的哥哥阿格纳。奥丁凭借他超凡的智慧了解到，阿格纳之前伪装成仆人的模样回到父亲的王国，而且他还知道，基罗德并没有认出这个仆人的真实身份。

他们一同走进马厩。阿格纳拿出面包，掰了几块分给流浪汉，还给他铺上稻草，让他坐着舒服些。然而过了一会儿，奥丁说："我要到宫殿里去，一边烤火，一边吃肉。"

"别想了，就在这儿待着吧，"阿格纳说，"我再给你分一点儿面包，然后找件衣服给你披上。不要往宫殿那边跑，国王今天心情不好，很可能会把你赶出来。"

"怎么可能？"奥丁惊异道，"哪有国王会赶走一个来到门前的流浪汉！他绝不会干这种事！"

"他今天心情不好。"阿格纳又说了一遍。他再次恳求奥丁不要到王宫去，可奥丁又怎会善罢甘休？他从草堆上站起来，径直朝王宫大门走去。

门边站着一个驼背的守卫，但他的手臂却十分修长。"我是一名流浪汉，"奥丁说，"我想在国王的宫殿里歇歇脚，吃点儿东西，填个肚子。"

"这可不是你歇脚的地方。"驼背的门卫说道。他本想把奥丁关在门外，可国王却把他叫走了。于是，奥丁阔步走进大厅，看到国王与他的同伴们正围在桌边举杯狂欢。那帮人留着浓密的黑须，面目凶残。奥丁一望便知，那个曾经被他寄予厚望的男孩，如今已经沦为强盗的首领。

“喂，捡破烂的，既然来了，就给我们唱支歌听吧。”席间一个大胡子对奥丁喊道。“好，我唱给你听。”奥丁答道。他站到两根石柱中间，唱了一支歌谣，谴责国王堕落的生活，以及与强盗同流合污的臣民。

“抓住他。”待歌曲结束后，国王下达命令。黑胡子们一拥而上，用锁链将他捆到大厅的石柱上。“他不是来取暖的吗？那就让他好好暖和暖和。”基罗德笑道。他吩咐仆人在奥丁周围垒起柴堆。他们照做之后，国王亲手将一根烧着的火把扔到柴堆上，亲眼看着火势飞速蔓延。

柴火在他周围烧了又烧，却始终无法触及奥丁的身躯。国王和他的同伴们在旁观赏，并为这精彩的一幕高声喝彩。木柴已经烧成了灰，可奥丁仍岿然不动，只是用可怕的眼神盯着这帮残忍冷酷的家伙。

他们把奥丁锁在殿柱上就去睡觉了。奥丁本可以挣脱锁链，将石柱连根拔起，但他想看看，这宫中还有什么好戏上演。仆人们接到命令，不准给流浪汉任何食物或酒水，但在黎明时分，四下无人的时候，阿格纳还是盛了一牛角麦芽酒给他喝。

第二天晚上，国王劫掠归来，照旧和这帮强盗在大厅里胡吃海喝。接着，他又叫人在奥丁周围堆上木柴。国王和强盗们再次围拢起来，观赏这场大烤活人的表演。奥丁仍在火中挺立，不为火焰所伤，他坚定的目光只让国王对他越发憎恨。他被铁链锁了一整天，没有仆人敢靠近他，谁也不知道有人在黎明时分给他送来了一杯麦芽酒。

一夜又一夜过去，同样的戏码一连演了八个晚上。到了第九个晚上，当奥丁四周的木柴再次被点燃时，他放声唱了起来。

奥丁的歌声越发嘹亮，引得国王和他的同伴，甚至宫中的仆人都不禁驻足倾听。奥丁唱的是关于国王基罗德的故事：曾经，诸神为他提供庇护，锻炼他的力量，培养他的技巧，可他却没有把心思用到正道上，反而自甘堕落，与恶人狼狈为奸。接着，奥丁唱到诸神的诅咒，还说这卑劣的国王已经大难临头。

火焰逐渐熄灭，基罗德和强盗们看到眼前的人，不再是那个孤苦伶仃的流浪者，而是一位比人界任何君王还要威严的圣人。锁链从他身上滑落，他一步步朝恶人走去。基罗德持剑冲上前去，想置他于死地。长剑刺中奥丁，可他依旧毫发无伤。奥丁继续唱着：

你的生命到头，
诸神向你发怒，
你若能，靠近我，
便能一睹奥丁真容。

基罗德再也不敢直视他的眼睛，奥丁的凝视让基罗德心生恐惧。国王和强盗们四散逃开，奥丁一挥手，便让他们失去人形，化为了森林里游走的狼。

阿格纳走上前来，奥丁当即宣布他为新的国王。民众很高兴国家将由阿格纳接管，因为他们受够了基罗德残暴的统治。阿格纳不仅是个仁慈的君主，而且治国有方，人民终于过上了幸福的生活。

第二章

奥丁为人类盗取灵酒

原先，灵酒由矮人们酿造，后来被巨人偷走藏了起来。但是奥丁把酒从藏匿的地方取出，分给了人类的后代。那些喝过灵酒的人智力大增，不仅如此，他们还将智慧运用于文字创作上，那些优美动听的语言让每一位听者都念念不忘。

矮人们酿造灵酒的手段十分残忍。他们得用一个人的鲜血酿酒，那个人就是诗人克瓦希尔。这位诗人智力超群，出口成章，人们都爱听他讲话，并对他的话念念不忘。矮人们把克瓦希尔抓进地下的洞穴，在那里将他杀害。“好呀好呀，”他们欢呼道，“我们已经拥有了克瓦希尔的鲜血和克瓦希尔的智慧。除了我们，谁也别想变聪明。”他们把血倒进三个坛子，加入蜂蜜搅拌，灵酒就是这样酿成的。

杀过一个人后，矮人的胆子越来越大了。他们跑出自己的洞穴，在人类的国度米德加尔德上蹿下跳，还跑去约顿海姆，捉弄那些最无害的巨人。

矮人们在路上遇到一个头脑简单的巨人，名叫吉灵。他们怂恿吉灵划船，把他们带到海上去。接着，两个狡猾的矮人戈拉和法亚拉故意将船撞到礁石上。船身四分五裂，吉灵不会游泳，掉进水里淹死了。矮人纷纷爬上船板碎片，安全地回到岸上。他们对这次恶作剧十分满意，而且还想再多找几个人玩玩。

戈拉和法亚拉又想到一出新的恶作剧。他们领着一帮矮人来到吉灵家里，尖声对他的妻子喊叫，说吉灵已经死了。巨人的妻子先是啜泣叹息，最后为了躲避矮人的尖叫，她只得冲出屋子，一边抹眼泪，一边拍手掌。戈拉和法亚拉已经在门梁上等候多时。当吉灵的妻子推开门时，他们把一块巨大的磨石朝她头上扔去。磨石击中了她，吉灵的妻子倒地身亡。又一诡计得逞，矮人们变得更加肆无忌惮了。

他们实在太过无耻，甚至还写了歌曲四处传唱，唱的还是他们杀死诗人克瓦希尔、巨人吉灵以及他的妻子的故事。他们待在约顿海姆，把所有能折磨的人都折磨了一遍，还自诩是最伟大、最强壮的种族。不过，他们在这里逗留了太长时间。吉灵的兄弟苏图恩设法找到这帮矮人，把他们抓了起来。

苏图恩不像他的兄弟吉灵那样善良单纯，他既狡猾又贪婪。一旦落到他的手里，便是插翅也难飞。他把矮人们留在海中的一块礁石上，若是海水上涨，便会将礁石淹没。

巨人站在海中，潮水涌来也没有漫过他的膝盖。他只是站在那里，看着渐渐上涨的海水，看着瑟瑟发抖的矮人们。

“哦，放我们走吧，好心的苏图恩，”矮人们哭喊道，“金银珠宝你想要什么都可以。只要你带我们离开这块石头，我们就给你打一串项链，一串可以与布里希嘉曼相媲美的项链。”矮人们哭得越大声，巨人笑得越厉害，因为他根本不需要黄金或珠宝。

眼看着海水漫过礁石，戈拉和法亚拉只能无奈地喊道：“求求你，带我们走吧，我们把那几罐酿好的灵酒给你。”

“灵酒，”苏图恩自对自说，“那玩意儿别人可没有，要是能弄到手也不错。说不定跟诸神作战时，还能派上用场。行，我就问他们要那几罐灵酒吧。”

苏图恩把矮人们带离礁石，但是扣押了他们的首领戈拉和法亚拉。其余的矮人回到地底下，把那几罐灵酒取了出来。苏图恩得到了灵酒，把它藏在山里的洞穴中。矮人们通过残忍的手段酿成的灵酒就这样落入了巨人的手中。现在，是众神之父奥丁登场的时候了，那时的他正化身为威格坦姆在人界流浪。他是如何从苏图恩手中夺得灵酒，又是如何把它带到人界——且听我慢慢说来。

对了，苏图恩还有一个女儿，名叫古恩露德。正如吉尔达和斯卡蒂，这位女巨人的善良和美貌也深受阿斯加德众神的喜爱。苏图恩认为灵酒应该由专人守护，于是施展魔法，将古恩露德从一个美丽的巨人少女，变成了长着尖牙和锋利指甲的女巫。接着，他把古恩露德关进了藏有灵酒的山洞里。

奥丁听说了克瓦希尔的死讯，心中悲痛万分，因为克瓦希尔是他最为欣赏的人。奥丁一怒之下，将杀害他的矮人关进洞中，这样他们就再也不能到人间胡作非为了。随后，他出发去寻找灵酒，还打算把它带到人界，这样一来，尝过灵酒的人类便可以支配语言，并让智慧受到后代的喜爱和推崇。

奥丁是怎样赢得灵酒，把它从乱石嶙峋的山洞中带走，又是如何解除苏图恩之女古恩露德身上的魔咒？以前的人们在炉边烤火时，常会说起下面这个故事：

九个强壮的奴隶在田里割牧草。这时，从旁经过一个身披蓝色斗篷、手中拄着拐棍的流浪汉。其中一个奴隶对流浪汉说："你去前面那个庄园找巴乌吉，给我带个话，就说我的镰刀已经钝得割不动草了，叫他赶紧给我拿块磨刀石过来。""我这儿就有。"流浪汉说着，从腰间掏出一块石头。那个奴隶用它磨好了镰刀，继续割起草来。只见牧草在他面前齐刷刷地落下，像是被风吹断了似的。其他奴隶见状，纷纷嚷道："快把石头给我们，快把石头给我们！"流浪汉把石头往他们中间一扔，便径自离开了，留下这帮奴隶在那里争抢。

流浪汉来到巴乌吉的庄园，巴乌吉正是苏图恩的弟弟。流浪汉在庄园里休息，晚饭时还被请到长桌边吃饭。正当他和巨人吃饭的时候，一位从田间来的信使走了进来。

"巴乌吉，"信使说，"你的九个奴隶都死了。他们为了抢一块磨刀石，在田里互相残杀。现在没人能替你干活了。"

"怎么办？这可怎么办啊？"巨人巴乌吉慌张地说，"田里的牧草没人割，到了冬天，我的牛羊不得活活饿死啊。"

"我可以帮你干活。"流浪汉说。

"你一个人也不够啊，"巨人说，"田里的活儿九个人都干不完。"

"我一个人能干九个人的活，"流浪汉说，"让我试试看。"

第二天，流浪汉威格坦姆来到巴乌吉的田地。一天下来，他干的活确实和之前九个奴隶干的一样多。

“现在正是农忙的时候，你就待在这儿吧，”巴乌吉说，“我会给你丰厚的酬劳。”

于是，威格坦姆住进了巨人的庄园，在巨人的地里干活。当这个季节所有的农活都干完后，巴乌吉向流浪汉询问道：“说吧，你想要多少钱？”

“我不要钱，”威格坦姆说，“我只想尝一尝灵酒是什么滋味。”

“灵酒？”巴乌吉说，“我没听说过，也不知道去哪儿找。”

“你的哥哥苏图恩那儿有，去帮我讨口酒喝吧。”

于是，巴乌吉找到苏图恩，可当他说明来意之后，苏图恩却对弟弟大发雷霆。

“喝一口灵酒？”他怒道，“休想！没人能尝到我的宝贝。不然我怎么会对女儿古恩露德施法，让她亲自看守灵酒？你说来了一个流浪汉，替你干了九个人的活，还要喝一口灵酒作为报偿！啊，你真是蠢到家了，简直比吉灵还要愚蠢！你自己动动脑，除了我们的死对头——阿萨诸神，有谁能帮你干这么多活，又有谁会要灵酒作为报偿？滚出去，别让我看见你，也别在我面前提到灵酒的事。”

巴乌吉回到自己的庄园，告诉流浪汉说苏图恩不想把灵酒交出来。“我要求你兑现承诺，”流浪者威格坦姆说，“我必须得到应有的报酬。来，你跟我一起，帮我把灵酒取出来。”

威格坦姆让巴乌吉带他去了藏酒的地方，那是高山上的一处洞穴。洞口被一堆石头封住。“我们挪不动石头，也穿不过去，”巴乌吉说，“看来我帮不了你这个忙了。”

流浪汉从腰带上取下一个钻子：“只要使用者有足够的力量，就没有它钻不开的石头。巨人，你力气够大，现在就开工吧。”

巴乌吉拿起钻子，用尽全身力气往石头上凿。流浪者只是站在那里，倚着自己的拐杖，身上披的蓝色斗篷，使他看起来既沉着又威严。

“嘿，这个口够深，我把岩石都凿穿了。”巴乌吉凿了好一会儿说道。

流浪汉走到洞口，朝里面吹了口气，凿出的石头碎屑飞到了他们脸上。

“巨人，这就是你引以为豪的力量吗？”他说，“你连一半都没凿开呢。接着干活吧。”

巴乌吉重新拿起钻子，对着岩石上的缺口凿了起来。他自己朝里面吹了口气。瞧呀！它竟然穿了过去！于是，他看向流浪汉，想知道他接下来有什么打算。这时，巨人的眼神变得犀利，手里的钻子像是一把利刃，随时可以向流浪汉刺去。

“小心上面的石头！”流浪汉惊呼道。趁着巨人抬头的瞬间，流浪汉变成一条蛇，钻进了洞中。巴乌吉反应过来，想用钻子把蛇弄死，可它已经穿过了岩洞。

岩石后面有一处空地，被洞中闪闪发光的晶石照亮。在这空荡荡的洞穴中，有一个长着尖牙和锋利指甲的丑陋女巫。她孤单地坐在石头上，任由泪水顺着她的脸颊滑落。“哦，青春和美貌，”她如此唱道，“哦，男人和女人，你们在外面的世界不曾看到；看到可怜、可悲、可叹的我；我在这封闭的洞中无所依靠，只有这丑陋的皮囊与我相伴。”

这时，她看到一条蛇钻了进来。“哦，你是毒蛇吧，毒死我算了。”女巫哭着说。蛇轻轻从她身边滑过，接着她听到一个温柔的声音说：“古恩露德，古恩露德。”她环顾四周，发现身后站着一个威武的男人。那人身上披着蓝色斗篷，那人就是众神之父奥丁。

“你是来这里偷灵酒的吧？那是我父亲让我看守的宝物。”女巫依旧哭着说，“我宁可将它洒向干涸的大地，也不会把它交给你。”

“古恩露德。”奥丁说着，走到女巫身旁。她注视着奥丁，甚至感到一阵青春的红晕涌上脸颊。她把双手放在胸前，尖利的指甲划破了她的身体。“将我从这丑陋的样貌中解救出来吧。”她哭诉道。

“我会拯救你的。”奥丁轻声说。他来到古恩露德身边，牵起她的手，吻住了她的双唇。她身上丑陋的印记都不见了。她不再佝偻着身躯，而是变得高挑、匀称、挺拔；她的目光清亮，湛蓝的眼睛深邃且迷人；她的嘴唇越发红润，双手也泛出细腻的光泽。她的容貌甚至不输给弗雷的妻子——巨人少女吉尔达。

他们注视着对方，然后并肩坐下，温柔地与彼此倾诉衷肠。诸神的领袖——奥丁和美丽的巨人少女——古恩露德。

古恩露德把三罐灵酒交给奥丁，还说想跟他一起离开山洞。三天过去了，他们仍被困在山洞里。后来，奥丁凭借智慧找到了通往外界的密道，他带着古恩露德一起离开，让她重新沐浴在阳光下。

奥丁将灵酒带在身上，每一滴香醇的美酒都能带来智慧，那用智慧编织的语言如此优美，无不受到世人的推崇与喜爱。至于古恩露德，她也尝了一口神奇的灵酒。从此，她便在人间漫游，歌颂着奥丁的俊美与神力，以及她对他浓厚的爱意。

第三章

奥丁向沉默之神维达袒露心事

奥丁在约顿海姆和米德加尔德游历了很长一段时间。不论在巨人还是人类面前，他都以流浪者威格坦姆的身份出现。即使与阿斯加德诸神见面交谈，奥丁也不会变回真身。其中一位神明住在离阿斯加德城很远的地方，还有一些则会亲自下凡来到人间与奥丁相见。

那位远离阿斯加德居住的神明叫维达，他是奥丁的儿子，平时不怎么说话。维达身在荒原深处，四周生着灌木，野草齐肩高。他旁边有一匹马在吃草，背上披着马鞍，似乎时刻准备与主人踏上征程。

奥丁（漫游者威格坦姆）来到这片寂静的原野，与沉默之神维达交谈起来。

奥丁说："哦，维达，我生了这么多儿女，就属你的性格最古怪。当末日降临时，只有你会活下来。你将把阿斯加德的记忆，带去那个不再受众神支配的新世界。哦，维达，我也十分清楚，为何你身边吃草的马儿，时刻准备着踏上征程。因为有朝一日，你会跃上马背，奋力疾驰，替你的父亲报仇雪恨。

“哦，维达，我沉默寡言的儿子，我只放心把秘密说给你听。除了你，没有人会知道，为何我——众神之长奥丁——会被自己的长矛所刺，还要在世界之树伊格德拉西尔上倒挂九天九夜。我倒悬于巨树之上，忍受暴风的侵袭，是为了获得终极智慧，以驾驭宇宙九界。到了第九天晚上，象征智慧的卢恩符文在我眼前浮现。我从树上落下，将它们收集起来。

“我还会告诉你，为何我的渡鸦会衔着皮革碎片，飞到你身边。你得用它为自己做一双鞋。穿上这双鞋后，你便能用脚踩住一头巨狼的下颌，把它撕成两半。在此之后，世间所有的鞋匠都会把他们用剩的皮料扔到地上，这样你就能随时为自己降服恶狼的双脚做鞋了。

“我已经告诫人界的居民，让他们剪去死者的指甲，以免巨人将它们收集起来，造出一艘名叫纳吉尔法的船。当‘拉格纳洛克’降临，即诸神的黄昏到来时，巨人将乘坐这艘船从北方发起进攻。

“维达，我还要告诉你。我在人界游历的时候，娶了一位英雄的女儿，但我们的儿子会像凡人一样生活。他的名字叫西吉，而西吉的后代会成为英雄。他们会住进我在阿斯加德的宫殿瓦尔哈拉[1]，与诸神并肩作战，一同对抗巨人族和持有火焰之剑的苏尔特尔。”

---

1 即英灵殿。

在这片寂静的原野上，奥丁对他的儿子——沉默之神维达倾诉了许久。维达和他的兄弟瓦利将成为诸神黄昏的幸存者，他们会给那个全新的世界、全新的时代，带去有关阿萨诸神和华纳诸神的记忆。奥丁接着交代了一些事情，然后离开了这片荒草丛生的原野。马儿继续低头吃草，准备随时踏上征程。这时，奥丁往海边走去，参加海神埃吉尔为阿萨诸神和华纳诸神举办的宴会。

第四章

索尔和洛基前往巨人国

除了少数几个人，几乎所有阿斯加德的居住者都接受了深海之神埃吉尔的邀请。到场的宾客中，有奥丁的王后弗丽嘉，还有弗雷和芙蕾雅；守护青春苹果的伊敦恩和她的丈夫布拉吉；伟大的剑士提尔；近海之神尼奥尔德，以及他的妻子，对洛基恨之入骨的斯卡蒂；还有曾经被洛基捉弄剪去金发的西芙，索尔和洛基也在其中。阿萨诸神齐聚在埃吉尔的宴会厅中，等待奥丁的到来。

在奥丁抵达之前，洛基讲了许多嘲弄索尔的故事，逗得众神捧腹大笑。洛基嘴上的皮绳早就被拆掉了，勃洛克也拿他没办法，而索尔更是已经忘记了洛基对西芙的恶行。前不久，索尔和洛基结伴在约顿海姆闯荡，他们两人的冒险经历，此时便成了洛基口中的谈资。

洛基讲得很详细，从索尔乘上那辆由两头山羊拉的黄铜战车，到飞身跃过彩虹桥碧佛洛斯特，洛基没有放过任何一个细节。可当时，阿萨和华纳诸神中没有一个知道，索尔要去往何方，只有洛基跟了上来，还要求与他一同前往。

当他们坐上由两头山羊拉的黄铜战车时，索尔才告诉洛基他要去哪儿冒险。他准备去一趟约顿海姆，甚至想去巨人之城乌特加德与巨人们比试力量。索尔对可能发生的一切都无所畏惧，因为他随身带着巨锤妙尔尼尔。

他们经过米德加尔德，那里是人类的国度。有一次，他们还在赶路时，天突然黑了，再加上他们饿着肚子，于是不得不找一个地方落脚。他们看到一间农夫的小屋，便驾着战车赶了过去。他们解开山羊身上的套绳，把它留在战车旁边的山洞里。这二位，没有一点儿阿斯加德之神的样子，反而像是两个乡间的旅人。他们敲响房门，寻求食物并请求住宿。

农夫和他的妻子告诉洛基和索尔，说他们可以在此借宿，但是食物得自己想办法。他们家本来就没多少吃的，仅剩的一点儿也在中午吃完了。农夫请他们进屋看了看，里面空空荡荡的，确实拿不出什么东西来了。农夫说，他明天一早就到河里去，给他们抓几条鱼烧菜吃。

“我们可等不到明天早上，现在就得吃东西，”索尔说，“我有个办法，能让大家都好好吃上一顿。”他走到黄铜战车旁边的山洞，抓住那两头拉车的山羊，用锤子将它们敲死在地。他剥下山羊的皮，小心翼翼地取出骨头，放在山羊皮上。索尔把羊皮和骨头扛进屋内，放到了壁炉上方的凹洞里。“任何人，”他以命令的口吻说，“都不准碰我放在这儿的骨头。”

接着，他把羊肉拿进厨房。不一会儿，肉就烧好了，热气腾腾地摆到了桌上。农夫和他的妻子，还有他们的儿子与索尔和洛基一起围坐在桌前。这家人已经好几天没吃过饱饭了，这次他们终于享用了一顿美食。

农夫的儿子名叫提亚尔菲，还在长身体，胃口大得很，不管吃多少都填不饱肚子。当羊肉烧好端上餐桌时，他的父母却一直吩咐他帮忙干活儿，这儿倒点水，那儿添点柴，还叫他举着火把，好让桌边的人不至于摸黑吃饭。当他好不容易坐下开始用餐时，桌上已经没剩多少肉了，毕竟索尔和洛基都吃得不少，而他的父母也需要食物补充体力。于是，提亚尔菲只尝了一点儿桌上剩下的冷肉。

吃完饭后，他们躺在长椅上休息。索尔赶了一天的路，倒头便睡着了，而且睡得很香。提亚尔菲虽然也躺下了，可他脑子里想的还是如何填饱肚子。他暗自思量，等大家都睡着之后，他可以从头顶上方的羊皮中，偷偷取一根羊腿骨出来，然后将它敲断，吸吮中间的骨髓。

于是，夜深人静的时候，这个小伙子站到长椅上，拿下了索尔小心放置的那包羊皮。他取出一根骨头，敲碎它，吮去了里面的骨髓。这时，洛基醒了，目睹了眼前的一切。可他像往常一样，什么也没说，只是默默地看着这一出好戏。

提亚尔菲把折断的骨头放回羊皮里，又把羊皮塞进了壁炉上方的凹洞中。这下，他才心满意足地去睡觉了。

第二天早上，索尔醒来做的第一件事，便是取出壁炉上的羊皮，并将它们小心翼翼地捧回之前山羊待的山洞。他把两张包着骨头的羊皮铺到地上，用锤头反复敲打。不一会儿，两头山羊竟然活了过来，而且羊角和羊蹄一只也没少。

然而，其中一头羊却跟之前不太一样了，它的脚瘸得厉害。

索尔替它的身体做了检查，发现腿上断了一根骨头。索尔怒不可遏，把矛头指向了农夫和他的妻子，以及他们的儿子。“这头山羊的腿骨是在你们家里弄断的，”索尔吼道，“我要毁了你们的房子，再把你们活活压死。”提亚尔菲害怕地哭了起来。他走上前去，抱住索尔的双膝。“没想到我犯了这么大的错误。”提亚尔菲哭着说，“是我把骨头弄断的。”

索尔举起巨锤，想把提亚尔菲当场砸死，可他看到哭泣的男孩又不忍心。他把锤子放到地上，对提亚尔菲说：“既然你弄瘸了我的羊，就得想办法补偿我。这样吧，你跟着我，帮我打打下手。”

于是，提亚尔菲便跟着索尔和洛基上路了。索尔用他有力的双手托住黄铜战车的辕杆，把车拉进了一个空旷的山谷，那里既没有人类，也没有巨人。他们让山羊在一片幽静的森林中养伤，直到索尔再一次召唤它们。

索尔和洛基带着提亚尔菲，从米德加尔德的地界进入约顿海姆。由于巨锤妙尔尼尔就在身边，即使在巨人的国度，索尔也感到十分安全；至于洛基，他对自己的小聪明颇有自信，也不认为有任何问题可以难倒他；提亚尔菲十分信任索尔，所以他也表现出一副无所畏惧的样子。在漫长的旅行途中，提亚尔菲接受两人的训练，逐渐长成了一个敏捷又强壮的小伙子。

一天，他们走进一片荒野。三人辛苦跋涉了一整天，可到了晚上，还是看不见原野的尽头。夜幕降临，狂风呼啸，附近却找不到任何栖身之所。在黄昏的薄暮中，他们看到前方有一个形似高山的轮廓，于是朝它走去，希望能找到一个山洞躲避风雨。

接着，洛基看到一个更为低矮的轮廓，似乎可以当作容身之所。于是，他和索尔还有提亚尔菲绕着它转了好几圈，发现那是一座房子，可是外形却十分诡异。入口是一个又长又宽的大厅，可是没有门廊，穿过大厅，发现里面还有五个长而狭窄的房间。“这房子太诡异了，但附近也确实没地方可去了，”洛基说，“索尔，你跟我就住进那两间大屋子，提亚尔菲就在剩下的小屋子里选一个吧。”

他们走进各自的房间，躺下准备睡觉。可这时，从屋外的山中传来一阵响声，既像森林的呜咽，又像瀑布的轰鸣。所有人的房间都在这噪声中震颤。那天晚上，索尔、洛基和提亚尔菲，没有一个人能够安然入睡。

到了早上，三人离开了这座五室的房子，转头望向高山。他们这才发现，那根本不是什么高山，而是一个巨人。那巨人原本躺在地上，可这时却翻身坐了起来。“小家伙们，小家伙们，”巨人对着眼前几个人喊道，“你们过来的时候，有没有在路上看见我的一只手套？”接着，巨人站起来，向四处张望。“哦，原来在这儿。”巨人舒了一口气，然后朝索尔、洛基和提亚尔菲走去。三人愣在原地，不敢轻举妄动，只见巨人弯下身子，捡起他们昨晚睡过的房子，把它戴在手上。原来那座五室的房子，竟是巨人的一只手套！

索尔握紧手中的锤子，洛基和提亚尔菲站在他身后。但巨人看上去很高兴的样子，还对他们说：“你们要往哪里去呀，小家伙们？”

“去约顿海姆的乌特加德城。”索尔壮着胆子说道。

“哦，去那儿啊，”巨人说，“跟我来吧，咱们差不多顺路。

你们可以叫我斯克里米尔。”

“你有吃的东西吗？”索尔佯装愤怒，想先给巨人一个下马威。

“我可以给你们早饭吃，”斯克里米尔说，“但是得再过一会儿，我现在还不饿。我们走吧。喏，这是我的旅行袋，里面装的全是干粮。”

巨人把袋子交给索尔。索尔把袋子背起来，还让提亚尔菲坐在上面。巨人只管一路往前走，索尔和洛基根本追不上他。到中午的时候，巨人似乎还没有停下来吃饭的打算。

他们来到一棵巨大的树前。斯克里米尔坐在树荫之下。“开饭之前，我得先睡一会儿，”巨人说，“小家伙们，你们要是饿了，就从袋子里自己拿点儿吃的吧。”巨人一边说，一边舒展四肢睡了过去。不一会儿，索尔、洛基和提亚尔菲就听到了昨晚让他们彻夜难眠的声响——既像森林的呜咽，又像瀑布的轰鸣——原来这竟是巨人打鼾的声音！

索尔、洛基和提亚尔菲实在太饿了，根本顾不上这么大的噪声。索尔试图打开袋子，却发现要解开上面的绳结并不容易。接着，换洛基上场了，可即便他使出浑身解数，也还是解不开这些结。索尔从洛基手中抢走袋子，想用蛮力把结扯断，可是天生神力的索尔也拿这些绳结没有办法。他一气之下，把袋子扔到地上。

斯克里米尔的鼾声越来越大。索尔咽不下这口气，抄起妙尔尼尔便向熟睡的巨人砸去。

锤子砸在斯克里米尔头上，却只是惊扰了他的美梦而已。“是有片叶子落到我头上了吗？”他迷迷糊糊地问。

巨人翻了个身，很快又睡着了。锤子飞回索尔手中。斯克里米尔的鼾声刚响，索尔就再次挥锤砸去，这回他对准了巨人的脑门儿。锤子正中目标，巨人睁开眼睛说道："是有颗橡果掉到我头上了吗？"

说完巨人又睡了过去。这回可把索尔给气坏了。他站到巨人头上，抡起锤子，再次向他的脑门儿砸去。这是索尔有史以来砸得最狠的一次。

"怎么还有只小鸟啄我脑门儿？看来在这儿睡不成觉了，"斯克里米尔坐起来说，"对了，小家伙们，你们吃过早饭了吗？把袋子扔过来，我再给你们拿些吃的。"提亚尔菲把袋子交到巨人手上。斯克里米尔轻而易举地打开袋子，拿出干粮，分给了索尔、洛基和提亚尔菲。索尔不愿从巨人手上拿吃的，可洛基和提亚尔菲却顾不了那么多，抢过干粮就吃了起来。这顿饭结束之后，斯克里米尔站起来说："是时候往乌特加德那边赶了。"

在他们赶路途中，斯克里米尔一直拉着洛基说话。"唉，每次一靠近乌特加德，我心里就有些自卑，"巨人说，"你也看得出来，我实在太瘦小了，在那些真正的巨人面前，根本不值一提。不过，你和你的两个朋友在乌特加德会受到欢迎的，巨人城的居民都很喜欢可爱的小动物。"

说完，斯克里米尔便离开了。索尔、洛基和提亚尔菲三人迈进了巨人之城——乌特加德的大门。街上的巨人来来往往，但洛基注意到，他们并不像斯克里米尔描述的那么高大。

乌特加德就是巨人们的阿斯加德。然而，它的设计却不像诸神的宫殿（如格拉兹海姆、布列达布利克、芬撒里尔）那般精巧。巨大而杂乱的房屋拔地而起，像是险峻的高山或耸立的冰岩。啊，美丽的阿斯加德，上有深蓝穹顶，下有白云环绕，立于高山之巅，犹如一颗纯净的钻石！啊，美丽的阿斯加德，你还有那斑斓的彩虹桥和闪亮的城门！啊，美丽的阿斯加德，是否真有一天，眼前这些巨人会将你无情地摧毁？

索尔、洛基和提亚尔菲来到国王的宫殿。他们知道，索尔手中的锤子可以保证三人的安全。他们穿过一排又一排的巨人卫兵，来到国王的宝座前。"索尔和洛基，久仰大名，"巨人国王说，"你们这次来到乌特加德，想必是为了与巨人比试武力。我们明天会举办一场正式的比赛。今天呢，有一场孩子们的运动会。如果你们这位小伙子愿意的话，他现在就能报名参赛，看他跟我们的年轻人，谁跑得更快一些。"

由于接受了索尔和洛基的训练，提亚尔菲如今已是米德加尔德跑得最快的人了。因此，他并不畏惧与巨人进行比赛。

国王唤来一个名叫休吉的巨人，让他与提亚尔菲竞赛。只听一声令下，提亚尔菲如箭一般冲了出去。洛基和索尔时刻关注着比赛的局势，这一场比赛至关重要，若是能拿下首胜，明天的压力自然也会少许多。然而，休吉却将提亚尔菲远远甩在后头。他们看到年轻的巨人抵达终点标杆，绕着它转了一圈，然后跑回起点，可提亚尔菲甚至还没有跑完全程。

提亚尔菲不明白他为什么会输掉这场比赛，于是要求与休吉再比一次。两人重新站到起跑线上。可这次，所有人看得一清二楚，休吉似乎还没有离开起点，就已经从终点折返回来。

大家从赛场上回到宫殿。巨人国王和他的朋友们邀请索尔和洛基到宴会厅共进晚餐。“明天，”国王说，“我们将共同见证赛事的盛大开幕，索尔将向我们展示来自阿萨神族的力量。不过，既然说到力量，不知阿斯加德是否举办过‘竞食大赛’？如果诸位对这个比赛感兴趣，可以跟我们的大胃王洛吉现场比试一下。他可是约顿海姆最能吃的巨人。”

“那我，”洛基说，“就比两个他加起来还能吃！来，让我跟洛吉比试比试。”

“好！”巨人国王喝道。在场的巨人也拍手叫好：“太好了！这下又有好戏看了！”

他们沿着桌边摆了几十只盘子，每个盘子里都盛着肉。洛基和洛吉分别从桌子两端开吃，吃光一盘就朝对方靠近一步。眼看着盘子一个接一个地被清空，站在巨人身旁的索尔也不由得感到惊讶。但是另一边的洛吉也吃光了一盘又一盘。最后，他们两人站到一起，身后堆起了几十只空盘。“我没输给他吧？”洛基喊道，“哦，巨人的国王，我跟你们这儿的大胃王吃得一样多。”

“但是你没有洛吉吃得干净。”国王说。

“洛基把盘子里的肉都吃完了。”索尔说。

“但是洛吉连肉带骨头一块儿吃掉了，”巨人国王说，“不信你自己去看看。”

索尔上前查看盘子。他发现洛基身后的盘子里还有骨头，而洛吉身后的盘子里却什么也没剩下：肉和骨头都被吃光了，盘子里空空如也。

“我们又输了。”索尔对洛基说。

“索尔，”洛基对他说，“明天你必须把所有的力量展示出来，否则巨人将不再惧怕阿斯加德诸神的威力。”

“别担心，”索尔说，“约顿海姆没有人能赢过我。”

第二天，索尔和洛基来到乌特加德大厅。巨人国王安坐于大厅中央，身边环绕着年轻力壮的巨人。索尔手持巨锤妙尔尼尔，只管大步向前。“巧了，我的朋友刚从这牛角杯中喝完酒，”巨人国王说，“他们想知道雷神索尔酒量如何，能否将这杯晨酒一饮而尽？但我得先告诉你，他们都认为阿萨神族中没有人能一口气干掉这牛角杯中的酒。”

“上酒！”索尔喊道，“随便你拿什么杯子。我就不信了，还有我索尔一口气干不完的酒！”

一只硕大的牛角被扛到索尔面前，酒水晃晃荡荡，快要从杯沿溢出。索尔把妙尔尼尔递给洛基，叮嘱他立正站好，不要让锤子离开自己的视线范围。索尔把牛角举到嘴边，大口大口地喝了起来。当他确定杯子里已经一滴不剩时，便把牛角搁到地上。“喝光了，”索尔说，“巨人的牛角杯也不过如此。”

巨人们朝里看了看，然后大笑起来。“还说喝光了，阿萨神族的索尔！”巨人国王说，“你再往里看看，那面儿上的酒还往外溢呢！”

索尔又看了一眼，发现还有大半杯酒没喝完。气急败坏的他又把牛角举到嘴边。他不停地喝呀喝呀喝呀，终于，酒杯见底了。索尔放下牛角杯，走到大厅的另一端。

“索尔又以为自己喝完了酒，”一个巨人拿起杯子说，“但是，朋友们，你们看看里面还剩了多少。”

索尔赶紧退回去，又往杯子里看，发现里面竟然还剩了一半酒。他转过身来，发觉所有的巨人都在嘲笑他。

“阿萨神族的索尔，阿萨神族的索尔，”巨人国王说，“我不知道下一场比赛你是否能超常发挥，但你的酒量肯定比不过巨人。”

索尔不服，愤然道：“我能把大厅里的任何一件东西举起来再放下。”

就在他说话的时候，一只巨大的铁灰色的猫跳进大厅，站在索尔身前。它弓着背，毛也竖了起来。

“那就把猫从地上举起来吧。”巨人国王说。

索尔大步走向灰猫，决心将它举起，再扔到一旁嘲笑他的巨人堆里去。他用手抓住猫，却没办法将它托起。索尔向上抬起手臂，抬到不能再抬为止。猫弓起的背部已经触碰到天花板，可它的四只脚却还在地上。当索尔使出全身力气举猫时，却只能听见周围巨人的嘲笑声。

索尔扔下猫，眼中尽是怒火。“谁没事去举猫啊？”他说，“叫个人来跟我摔跤，看我不把他打翻在地！”

“阿萨神族的索尔，我这儿正好有人喜欢摔跤。”国王说。索尔环顾四周，却只看到一个老妇人向他蹒跚走来。她双目混浊，牙齿都掉光了。“她叫埃莉，是我的老保姆，”巨人国王说，“就让她跟你比摔跤吧。”

“我可不跟老太婆摔跤，”索尔说，“我要与你们最强壮的巨人光明正大地比一场。”

“埃莉已经过去了，”巨人国王说，“你不出手，她可要出手了。”

老妇人一瘸一拐地朝索尔走去。她灰白的头发遮住面庞，一双眼睛藏在下面却不时透出寒光。当老妇人向他逼近时，索尔竟只能站在原地，无法动弹。她用手勒住索尔的胳膊，还试图用脚绊倒他。索尔想把老妇人从身上甩开，却发现她的手脚像是铁环和铁链一般将他锁了起来。

随后，雷神索尔与老妇埃莉展开了一场正式的摔跤比赛。两人在大厅中缠斗，打得难解难分，索尔既不能将老妇向后扳倒，也无法让她侧翻在地，反倒是在老妇的抓握之下，索尔变得越来越使不上力气。老妇将全身力气压到索尔身上，最后，索尔只能单膝跪地，抱住老妇的肩膀，才不至于颜面扫地。老妇也试图将索尔放倒在地，可惜没有得逞。于是，她松开索尔，一瘸一拐地朝大门走去，离开了大厅。

索尔站起来，从洛基手中拿过锤子。他一言不发地离开了大厅，沿着小路往巨人之城——乌特加德的城门走去。回程途中，他没有搭理洛基，也没有跟在约顿海姆陪伴了他七个礼拜的提亚尔菲说一句话。

第五章

索尔和洛基愚弄巨人索列姆

在众神欢庆之时，洛基又讲了另一个关于索尔的故事——故事的主人公是雷神索尔和巨人索列姆，这个巨人愚钝却不安分。索尔和洛基先前去过索列姆的宅邸，在巨人的盛情款待下，索尔放松了警惕。

当索尔和洛基离开约顿海姆后，索尔的巨锤妙尔尼尔却不翼而飞了，他甚至不知道是如何或是在哪里弄丢的锤子。洛基这时想到了索列姆，这个愚钝却不安分的巨人。索尔之前弄丢过锤子，曾发誓再也不让它离开自己的视线，现在的他不知该如何是好。

然而，洛基认为有必要到索列姆家去，看能否从他那儿找到一些线索。他先去了一趟阿斯加德。洛基匆匆穿过彩虹桥，经过海姆达尔身边时，连一句招呼也没打。他不敢与阿斯加德的居民提到索尔弄丢锤子的事情。在抵达弗丽嘉的宫殿之前，他没有跟任何人说话。

洛基对弗丽嘉说："你得把你的鹰之羽衣借给我，我要飞往索列姆的住处，看他是否知道妙尔尼尔的下落。”

“如果你能保证每一片羽毛都银白光洁，那借给你跑一趟也无妨。”弗丽嘉说。

于是，洛基披上鹰之羽衣，飞往约顿海姆，来到索列姆的住处附近。他发现巨人正在半山腰上，给自己的猎犬戴上由金银打造的项圈。洛基停在巨人头顶的岩石上，藏身于鹰羽之下，透过一双犀利的鹰眼注视着他。

在此期间，洛基听到巨人喋喋不休地说：“听话，我的乖狗儿，先把这些金银项圈戴上，但过不了多久，我们巨人一族就能用阿斯加德的黄金来打造猎犬和坐骑的配饰了。没错，最优秀的猎犬，我甚至会亲手给你戴上芙蕾雅的项链。因为，保卫阿斯加德的巨锤妙尔尼尔，现在就在我的手上。”

洛基当即打断道：“众神都知道妙尔尼尔落到了你的手上。哦，索列姆，但是你可知道，你的一举一动都被众神看在眼里。”

“哈，洛基，你个变幻莫测的家伙，”索列姆说，“原来你在这里！不过就算你看得再远，也找不到巨锤妙尔尼尔。我把锤子埋到了地下，足足有八英里深。有本事就去找吧，它埋得可比矮人的洞穴还要深。”

“所以我们无论如何都找不到索尔的锤子，”洛基说，“对吗，索列姆？”

“对，无论如何都找不到。”巨人愤然道。

“但是你想想，如果把锤子还给阿斯加德诸神，可以得到多少报酬呢？”洛基说。

“不，狡猾的洛基，我才不还呢，给多少报酬我都不干。”

索列姆说。

“索列姆，你再好好想想，”洛基说，“难道阿斯加德就没什么东西是你想要的？金钱、宝物，什么都不要？奥丁的臂环呢？弗雷的魔船斯基德布拉德尼尔呢？”

“不要，都不要，”索列姆说，“但有一样东西，如果阿斯加德诸神愿意交出来，我就答应拿索尔的锤子妙尔尼尔交换。”

“索列姆，你想要什么？”洛基迅速飞到巨人身边。

“芙蕾雅，她可是巨人们都想得到的女神——我要她做我的妻子。”索列姆说。

洛基透过鹰眼观察了他许久，看得出巨人心意已决。“我会向阿斯加德诸神转达你的要求。”说完，洛基便展翅飞走了。

洛基知道，阿斯加德诸神决不会同意让芙蕾雅离他们而去，再嫁给这个愚不可及的巨人，但他还是飞了回去。

到了这个时候，阿斯加德诸神都听说了妙尔尼尔丢失的消息，他们多少有些慌张，因为这把巨锤是援助众神的武器。当洛基飞过彩虹桥时，海姆达尔向他大喊，问他带回了什么消息。但是洛基顾不上与彩虹桥的守卫者说话，只是径自朝诸神的议事大厅飞去。

洛基把索列姆的要求告诉了阿萨和华纳诸神。如他所料，谁也不愿意让美丽的芙蕾雅远居约顿海姆，嫁给这个愚不可及的巨人。参会的众神心情十分低落。阿斯加德的居民或许再无余力去帮助人类了，因为妙尔尼尔落到巨人手中，他们必须集中所有力量来保卫阿斯加德。

众神垂头丧气地坐在议事大厅里。狡猾的洛基见状对众神说：“我想到一个办法，或许可以从愚蠢的索列姆那里赢回锤子。我们可以送个假新娘到约顿海姆去——让那个人戴上芙蕾雅的面纱，穿上芙蕾雅的裙子假装嫁给索列姆。”

“谁会愿意干这种不光彩的事情？”议事大厅里的众神低声说。

“哦，当然是索尔了。他弄丢了锤子，理应多出点儿力气。”洛基笑道。

“索尔，索尔！就听洛基的安排，让索尔去巨人那儿把锤子夺回来！”阿萨和华纳众神异口同声地说。他们让洛基负责一切事宜，好让索尔假扮索列姆的新娘。

洛基离开诸神的议事大厅，来到之前与索尔分别的地方。“索尔，现在只有一个办法能把锤子拿回来，”洛基说，“参与议事的诸神都决定应该由你去完成这项任务。”

“什么办法？”索尔问，“不管是什么办法，告诉我，我按你说的办。”

“那你听好了，”洛基笑着说，“我要带你去约顿海姆，假扮索列姆的新娘。你去梳妆打扮一番，戴上面纱，再穿上芙蕾雅的衣服和裙子。”

“什么！叫我穿女人的衣服？”索尔嚷道。

“对，索尔，记得戴上面纱，还要头顶花环。”

“我——我还要头顶花环？”

“手上也要戴上戒指。腰间还要挂一串女管家的钥匙。”

“别开玩笑了，洛基，”索尔粗声粗气地说，“看我不揍你一顿。”

“我可没开玩笑。为了保卫阿斯加德，你必须这么做，否则就再也拿不回妙尔尼尔了。索列姆除了芙蕾雅什么都不要。你只需要穿上芙蕾雅的衣裙，戴上她的面纱，假扮一个晚上的新娘，这样既能拿回锤子，又能好好捉弄他一番，何乐而不为呢？等你们走进婚姻礼堂，他要同你牵手时，你就说你不乐意，除非他先把妙尔尼尔交到你手上。一旦巨锤回到你手中，索列姆和大厅里那些巨人，谁能是你的对手？别担心，我会打扮成你的伴娘陪你一起去的！哦，少女索尔多可爱呀！”

“洛基，”索尔说，“我看你就是故意的。要我穿裙子，还要我戴面纱！阿斯加德众神岂不把我当成笑柄？”

“让他们笑去，”洛基说，“当你把巨锤拿回来的那一刻，谁还敢再笑话你？”

“也是，”索尔闷闷不乐地说，“但是洛基，你再想想，从索列姆那儿夺回妙尔尼尔，难道就只有这一个办法吗？”

“哦，索尔，这是唯一的办法了。”狡猾的洛基说。

于是，索尔和洛基动身前往约顿海姆，来到索列姆的住处。在此之前，一名信使已经向索列姆传达，说芙蕾雅和她的伴娘会一同前来，还说婚宴要办好，宾客要聚齐，最重要的是将巨锤妙尔尼尔备在手边，以便交还给阿斯加德众神。收到消息后，索列姆和他的巨人母亲赶忙将相关事宜安排妥当。

索尔和洛基分别穿着新娘和伴娘的衣裙来到巨人家中。头上戴的面纱遮住了索尔的胡须和凶恶的眼神。他穿着一件红色刺绣长袍，腰间还挂着一串女管家的钥匙。洛基也戴了面纱。索列姆家里的厅堂已经打扫干净，装饰一新，还专门为婚宴摆上了长桌。索列姆的母亲逐个招呼客人，向他们吹嘘自己儿子的妻子芙蕾雅，还说她是阿斯加德最美丽的女神，许多巨人都想娶她为妻。

索尔和洛基一跨过门槛，索列姆便迎上来。他想掀起新娘的面纱吻她一下。洛基赶忙按住巨人的肩膀，阻止道："别着急，再忍耐一下，不要揭开新娘的面纱。我们阿斯加德的神明比较含蓄，容易害羞。你在大庭广众之下亲吻芙蕾雅，她可是会跟你闹脾气的。"

"是啊，是啊，"索列姆年迈的母亲说，"别去碰新娘的面纱了，儿子，阿斯加德诸神可比咱们巨人讲究多了。"说完，老妇人便拉起索尔的手，把他带到了桌边。

新娘的身材和腰围并没有让本就高大的巨人感到惊讶。他们目不转睛地盯着索尔和洛基，但由于蒙着面纱，巨人们根本看不到两人的脸，也看不清楚脸的轮廓。

索尔坐在桌边，他的一边是索列姆，另一边是洛基。然后，婚宴正式开始了。索尔一口气吞下八条鲑鱼，甚至没有意识到自己的行为与一位优雅的少女极不相称。洛基在旁边推了推他，还踩了他一脚，但索尔依旧没有任何收敛。吞下鲑鱼后，他又吃了整整一头牛。

"索列姆的母亲说得没错，"巨人们交头接耳道，"这两个阿斯加德少女看上去是挺端庄的，但她们也太能吃了吧。"

"难怪她吃了这么多，可怜的小家伙，"洛基对索列姆说，"要知道这已经是我们离开阿斯加德的第八天了。这一路上，芙蕾雅什么都没吃，她一心想见到自己的丈夫索列姆，想早日住进丈夫家中。"

"我可怜的爱人，可怜的爱人，"巨人安慰道，"她吃多少都没关系——再说她吃得也不多。”

索尔朝装有蜜酒的大桶点了点头。索列姆赶紧叫人给新娘倒上一杯。接下来，仆人们不停地为索尔添酒。在巨人的注视下，在洛基的推搡中，索尔喝下了整整三桶蜜酒。

“哎呀，”在场的巨人对索列姆的母亲说，“看来娶不到阿斯加德的女神，也不是什么值得遗憾的事情。”

这时，面纱的一角滑落，索尔的眼睛有一瞬间被看到了。“哎，芙蕾雅怎么会这样瞪着我？”索列姆不解地问。

“可怜，太可怜了，”洛基说，“她的眼睛都不会转了，要知道她有八个晚上没睡过觉了。她是如此迫切地想见到你，想跟你在一起呀，索列姆。现在，就是你和新娘牵手的时候了。首先，你得把妙尔尼尔放到芙蕾雅手中，这样她才能明白你作为新郎的诚意。”

于是，索列姆——这个最愚蠢的巨人——站了起来，把阿斯加德的守卫之锤妙尔尼尔带进了宴会大厅。索尔恨不得一跃而起，从他手中夺过锤子。但是，洛基却让他保持冷静。索列姆把锤子拿过来，交到了他自认为是新娘的那个人手中。索尔一把握住锤子，挺身站了起来。面纱从他脸上滑落。索尔的面容和愤怒的眼神被在场的人看得清清楚楚。他一锤砸向大厅的墙面。石墙轰然倒塌。然后，洛基跟随索尔大步走出废墟，而巨人们则被压在乱石之下，大声咆哮着。这就是阿斯加德的守卫之锤——妙尔尼尔失而复得的故事。

第六章

埃吉尔的宴会：索尔一雪前耻

阿萨和华纳诸神聚在年迈的海神埃吉尔的宴厅中，听洛基拿索尔的故事打趣，午后的时光就这样在欢笑声中度过。可到了晚上，阿斯加德诸神的宴席却还没备好。他们唤来埃吉尔的两个仆人，费玛芬格和埃尔迪尔，要求二人为诸神准备晚餐。尽管当晚的菜品格外寡淡，但诸神在睡前仍想着："明天，年迈的埃吉尔定会大操大办，好好款待我们一番。"

到了第二天中午，阿斯加德诸神仍然没有看到任何筹备宴会的迹象。于是，弗雷起身去找埃吉尔，这位年迈的深海之神。他发现埃吉尔正垂头坐在内殿。"嘿，埃吉尔，"弗雷说，"你为诸神准备的宴会办得怎么样了？"

年迈的埃吉尔咕哝了几句，然后捋了捋胡子。最后，他直视着客人，告诉了他宴会没有备好的原因。宴席上的蜜酒还没酿好，而且给诸神酿这么多酒也不现实，因为埃吉尔的宴厅里没有容量足够大的酒壶。

阿萨和华纳诸神听到这个消息后十分失望。如今在阿斯加德之外，除了埃吉尔，还有谁愿意设宴款待他们？埃吉尔是唯一与诸神交好的巨人，可现在连他都无法将诸神招待周全。

这时，一位在场的巨人青年大声说道："我有个亲戚，叫希密尔，他有只宽达一英里的酒壶。只要能把希密尔的酒壶弄到这里来，我们就不愁没酒喝了！"

"我们可以派一个人去取酒壶。"弗雷说。

"啊，可是希密尔的住处不好找，你必须穿过最幽深的森林，跨过最险峻的山峰，"巨人青年说，"而且希密尔本人粗鲁又无礼，跟他商量很难有结果。"

"即便如此，我们还是得派人去一趟。"弗雷说。

"我去吧，"索尔站起来说，"我去找希密尔要那只一英里宽的酒壶。要是他不讲道理，我就用武力抢过来。"先前，洛基一直拿索尔打趣，让他感到很不自在。现在，他很乐意借这个机会向阿萨和华纳诸神展示自己的神威。

索尔扣上了那条能使战斗力倍增的腰带，还戴上了那双能够紧握妙尔尼尔的铁手套。他手里拿着锤子，示意巨人青年跟他一起走，做他的向导。

当索尔走出埃吉尔的大厅时，阿萨和华纳诸神都为他鼓掌喝彩。可是洛基，调皮捣蛋的洛基，又在后面扯着嗓子喊道："这回可别把锤子弄丢了，索列姆的新娘。"

在巨人青年的指引下，索尔穿过了最深的森林，越过了最险的山峰，最终来到巨人的住处。在希密尔屋前的山丘上，有一个面目可憎的看守者：那是一个巨大的老妪，她蹲坐在自己的脚踝上，肩膀上顶着好几十颗脑袋，它们一簇簇地生长出来，并且朝着不同的方向张望。当索尔和巨人青年靠近时，她所有的脑袋几乎同时发出惊叫和呼喊。若不是另一位女巨人比着和平的手势来到门前，索尔差点儿就将锤子砸向老妪。与索尔同行的巨人青年，亲切地唤这位巨人为自己的母亲。

“儿子，到屋里来，”女巨人说，“让你的同伴一起进来吧。”

那个巨大的老妪——她是希密尔的祖母——继续尖叫不止。但是索尔直接从她身边绕过，来到巨人家中。

当女巨人看到与儿子一同前来的是阿萨神族的一员，她不禁为两人担心起来。“唉，”她说，“要是希密尔发现家里有一个阿萨神族，他肯定会大发雷霆，说不定还会要你的性命。”

“他未必打得过我。”索尔说着，握了握妙尔尼尔。所有的巨人都了解且畏惧这把锤子的威力。

“你还是躲一下吧，”女巨人说，“要是你们打起来，很有可能伤到我儿子。”

“我可没有躲着巨人的习惯。”索尔说。

“躲一会儿就好！等到希密尔吃饱就行！”女巨人恳求道，“他每次狩猎回来脾气都不好，等他吃饱了，就好对付了。你们先藏起来，等他吃过晚饭再说。”

最后，索尔答应了她的请求，他和巨人青年决定躲在大厅的一根石柱后面。他们刚一藏好，就听见了巨人穿过庭院的脚步声。巨人希密尔来到门前，嘴边的胡须像一片霜冻的森林。他随身拖着一头在围猎中捕捉的野公牛。巨人为自己的战利品感到骄傲，直接把野牛拽到了大厅里。

“我把它捉回来了，还活着呢，”希密尔喊道，“好家伙，瞧它的铁头和尖角。大家都管它叫‘破天牛’。除了我，没有哪个巨人能制服得了它。”希密尔将公牛捆在门柱上，接着转头看向索尔和巨人青年藏身的石柱。只一眼，石柱便裂开几条大缝。巨人步步逼近。那石柱竟突然间被拦腰折断，与它支撑的横梁一起塌了下来。挂在梁上的酒壶和大锅都“哗啦”一声掉在地上。

这时，索尔挺身而出，直面勃然大怒的巨人。“别生气，是我呀，我的朋友希密尔。”索尔说着，把手搭在锤子上面。

希密尔认出了索尔，且对他那把锤子的威力有所耳闻，于是，巨人往后退了几步。“既然你来了我的屋子，就是我的客人了，”希密尔说，“咱俩可没必要闹矛盾，阿萨之神索尔。”接着，他吩咐女巨人说：“快去准备晚饭，阿萨之神索尔、你儿子和我可都还饿着肚子呢。”

丰盛的晚餐被端上了餐桌，希密尔、索尔和巨人青年围着三头烤全牛坐了下来。索尔吃了一整头牛。希密尔一个人就吃了差不多两头牛，只给妻子和年轻的亲戚留了些牛肉渣子。巨人见索尔胃口这么大，便半开玩笑半抱怨地说：“阿萨之神索尔，你要是多待一段时间，还不得把我吃垮！”

“别废话了，希密尔，”索尔说，“明天我去钓鱼。不管我今天吃了多少，明天全给你钓回来。”

“那我明天也不打猎了，陪你去钓鱼吧，”希密尔说，“等到了海上，碰到什么大风大浪，你可千万别害怕呀，阿萨之神索尔。”

第二天早上，天刚一亮希密尔就爬起来，拿着钓竿和绳子去索尔睡觉的地方找他。“阿萨之神索尔，是时候自力更生挣口饭吃啦。”

索尔也下了床。当他们走到院子里时，巨人说：“对了，你得自己准备一份鱼饵，记得饵料要足够大，我带你去的地方可没有小鱼。如果你之前没见过真正的海洋巨兽，那这次就能开开眼界了。听你说要去钓鱼，我很高兴，阿萨之神索尔。”

“这个鱼饵够大吗？”索尔一边问，一边把手搁在牛角上，“用它能钓到鱼吗？”那头牛正是希密尔打猎时捕获的、头上长着尖角的“破天牛”。

“可以，只要你拿得动就行。”巨人说。

索尔什么也没说，抡起拳头就往公牛的前额砸去，“哐”的一声，那头巨兽应声倒下。接着，索尔拧下公牛的头。“鱼饵到手了，我们出发吧，希密尔。”他说。

希密尔见他如此神气，心中大为不悦。为了掩饰自己的愤怒，他转过身，一声不吭地往船边走去。“你可以先划几下，”上船后，希密尔说，“等到了海上，风大浪大的，那时我再替你划。”

索尔又是一言不发，只轻轻划了几桨，便将船划到了大海中央。希密尔又被索尔抢了风头，心中的愤怒不言自明。他抛出长线，开始钓鱼，不一会儿，就感到有什么巨物咬上了鱼钩。船身不停地摇晃，直到索尔将船稳住。希密尔钓上来的是附近海域中体形最为庞大的鲸鱼。

“钓得好。”索尔说着，把饵料穿到鱼钩上。

“你好不容易来一趟，”希密尔说，“得让你见识一下真正的技术。毕竟，沟里的鱼钓多了，可就钓不上海里的大鱼啦。”

“我也抛一竿试试。”索尔说。

说罢，他把钓鱼绳扔进海里，绳子的末端绑着那头巨角公牛的头颅。牛头沉入海中。沉啊沉啊，它来到鲸鱼的领域，可它们惧怕锋利的牛角，不敢上前吞食；沉啊沉啊，它来到蛇怪的栖地，那条巨蛇盘踞在环绕人界的无底深渊中。索尔的鱼饵沉入海中，不断坠落，那蛇怪也从盘绕的蛇圈中抬起头来。巨蛇一口咬住牛头，把它吞了下去。硕大的鱼钩卡住喉咙，巨蛇惊诧不已。它扭动身躯，搅得大海巨浪滔天。但钩子仍然卡在那里。随后它拼命挣扎，试图把钩住它的人拖到海底深处。索尔张开双腿，跨坐在船上，然后用脚踩住海底，使劲拉拽钓鱼的绳索。巨蛇继续抽打海水，造大声势，海上刮起的风暴也越发猛烈，世界上所有的船只都被搅乱、抛起，撞得粉碎。巨蛇不得不将盘绕世界的身体一圈一圈松开。索尔继续拉绳。巨蛇可怕的头颅浮出水面。蛇首高高昂起，俯视着索尔和希密尔乘坐的那艘船。索尔扔下钓鱼绳，拿起了拥有神力的巨锤妙尔尼尔。他挥起锤子，准备向那条环绕在世界中庭的巨蛇砸去。但是希密尔从中作梗，割断了钓鱼绳，因为他不愿在面子上输给索尔。巨蛇的头颅再次沉入大海。然而，索尔已经把锤子抛了出去，但不管抛出去多远，这把锤子还是会回到索尔手中。于是，巨锤追着巨蛇迅速下坠的头颅，一寻一寻地深入海底。它击中了巨蛇。若不是中间有海水阻拦，这一锤定会夺走它的性命。一阵痛苦的咆哮从大海深处传来，整个约顿海姆都为之震颤。

“得把这件事告诉阿萨诸神，”索尔说，“不能总让他们记着洛基讲我的那些糗事。”

希密尔默默掉转船头，往岸边划去，船后面拖着那条鲸鱼。巨人不敢相信，这位阿萨之神首次出海便创下如此功绩。他怒火中烧，不愿向任何人提起这件事。晚饭的时候，希密尔还是沉默不语，但索尔却向巨人们大声吹嘘自己战胜巨蛇的壮举——两个人的话都被他一个人说完了。

“阿萨之神索尔，你一定觉得自己无所不能吧，”希密尔最后呛声道，“好，那你有能耐打碎眼前这个杯子吗？”

索尔笑着拿起酒杯朝石柱上扔去。杯子掉在地上，没留下一丝裂缝或凹痕，石柱倒是被砸得粉碎。

巨人笑道：“原来从阿斯加德来的家伙这么弱不禁风。”

索尔再次抄起杯子，使劲朝石柱砸去。杯子落到地上，依旧完好无损。

这时，索尔听到巨人青年的母亲在他身后，一边转动纺轮，一边轻声唱起歌谣：

石柱何错之有？
希密尔的脑门儿才该遭殃。
下回你扔酒杯，
就得对准他硕大的脑袋。

索尔抓起酒杯扔了出去，可这次没有把它砸向石柱，而是对准了希密尔的脑袋。酒杯正中巨人的脑门儿，裂成碎片落在地上。希密尔的脑袋倒是不见有任何凹陷或伤痕。

“哼，摔个杯子了不起啊，”巨人嚷嚷道，“你能把我一英里宽的酒壶举起来吗？”

“告诉我酒壶在哪儿，”索尔一下来了精神，“试试也无妨。”

巨人掀开地板，指向地窖里那个一英里宽的酒壶。索尔弯下腰，抓住酒壶的边缘，慢慢将它举起，看上去很吃力的样子。

“你能把它举起来，但你扛得动它吗？”巨人说。

“再试试呗。”说着，索尔举起酒壶，把它顶在头上，大步朝门边走去。巨人还没来得及阻止，索尔就夺门而出，飞快地跑了起来，直到越过门前的山丘才回头张望。这时，他听见一声刺耳的尖叫，发现那个长着一串脑袋的老妪在他身后追赶。他宁肯顶着酒壶翻山越岭也要摆脱老妪。索尔穿过密林，越过高山，但长着几十颗脑袋的老妪也不打算放过他。终于，当他们飞跃一片湖泊时，老妪掉了下去，索尔也就此摆脱了他的追逐者。

就这样，索尔凯旋，头上顶着那只一英里宽的酒壶。当索尔走进大厅时，即便是当初听了洛基的嘲弄后最瞧不起他的人，也都起身为他喝彩。美酒酿好了，佳肴也端上了餐桌，海神埃吉尔为了招待阿斯加德诸神，举办了一场前所未有的盛大宴会。

然而，宴会上有一个古怪的人，始终保持着沉默。看体形他应该是一个巨人，可没人知道他是谁，也没人知道他从哪里来。当宴会结束时，众神之父奥丁找到那个巨人，对他说：“哦，斯克里米尔，巨人之城乌特加德的国王，请你起身，告诉索尔，当他和洛基来到你的城市时，你在他们背后都做了些什么。”

这位宴会上的陌生人站了起来。索尔和洛基这才认出来，原来他就是巨人国王，他们曾在他的大厅里进行了比赛。斯克里米尔转身对他们说："哦，索尔，哦，洛基，我向你们坦白，之前是我欺骗了你们。其实，在你们进入乌特加德的前一天，在荒原上见到的巨人就是我。我还告诉你们，我的名字叫斯克里米尔。我想尽办法不让你们进入乌特加德，是因为巨人们害怕与阿萨神族的索尔较量。哦，索尔，你听我说，那个装着干粮的旅行袋之所以打不开，是因为上面的绳结被施了魔法。没有人可以用蛮力或是巧劲把它解开。当你们解绳子的时候，我在我们之间垒了一座高山。你以为用锤子砸中了我，但实际上，你砸中的是那堆山石，还把它砸了个粉碎。当我见识到你锤击的威力时，就更加不敢让你进入我们的城市了。

"我明白只能用法术继续欺骗你们。那个年轻的小伙子提亚尔菲是第一个受骗者。与提亚尔菲赛跑的不是年轻的巨人，而是思想本身。哦，洛基，我甚至欺骗了你。那个与你竞食的大胃王也不是巨人，而是可以吞噬一切的火焰。

"至于你，索尔，你参与的每一场比赛都被我做了手脚。当你端起牛角杯喝个不停时，在场的巨人无不感到惊恐。你有所不知，那个杯子的另一端连接着海洋，海神埃吉尔便可以为我作证。你喝完杯子里的酒后，海平面都下降了不少。

"你试图举起来的那只猫其实是巨龙尼德霍格，它一直在啃食世界之树伊格德拉西尔的树根。眼看着巨龙的身躯被你托起，我们更是被你的力量折服。当你把猫背举至屋顶时，我们不禁感叹：'索尔天生神力，九界之中无人能及。'

"最后，是那个跟你摔跤的老保姆埃莉。她的力气看起来比你大，你发现自己摔不动她的时候觉得很丢脸。可是索尔，你得知道，跟你摔跤的埃莉其实是衰老本身。我们又一次拜倒在你的神威之下，因为衰老可以倾覆一切，却无法将你压倒在地。”

说完，斯克里米尔便离开了大厅。阿萨和华纳诸神再次起身为索尔欢呼，并称他为阿斯加德最强大的守护神。

第七章

矮人的宝藏及其诅咒

海神埃吉尔的宴会结束了。阿萨和华纳诸神都准备返回阿斯加德。只有两位神祇——众神之父奥丁和诡计之神洛基——做了别的打算。

洛基和奥丁将各自的神力隐藏起来。他们来到人类的世界，表现得与凡人无异。两人一起穿过米德加尔德，与各种各样的人往来：国王和农民、亡命之徒和正人君子、武士和地主、奴隶和议员、文雅的人和粗鲁的人。

一天，他们在一条大河的岸边休息，听见附近传来打铁的声音。

不一会儿，他们看到河中央的岩石上，爬上来一只水獭。它只露了个面便重新潜入水中，再上来时，嘴里叼着一条鲑鱼。它把鱼放在石头上，狼吞虎咽地吃了起来。洛基闲得发慌，拿起一块大石头便朝水獭扔去，石头击中水獭的脑袋，当场要了它的性命。奥丁将这一切看在眼里。

“洛基啊，洛基，你怎么可以如此残忍、如此邪恶？”奥丁质问道。洛基只是笑了笑。他游过河去，把水獭的尸体带了回来。“你又何必要了这畜生的性命？”奥丁再次发问。

“唉，天性使然。”说着，洛基拔出小刀，先将它开膛破肚，然后开始剥皮。洛基剥完皮便将它叠好，别在自己的腰带上。清洗完毕后，他和奥丁离开了河岸。

他们来到一座房屋前，旁边有两间铁匠铺，打铁的声音就是从这里传出来的。他们走进屋子，询问是否可以在此吃饭歇息。

一个老人正在火上烤鱼，他指了指身旁的一条长凳。“你们可以在那儿休息，”他说，“等鱼烤好了，我再给你们尝尝。我儿子是一名出色的渔夫，他钓上来的，那都是最好的鲑鱼。”

奥丁和洛基坐在长凳上，老人继续烤着鱼。“我的名字叫赫瑞德玛，”他说，“我有两个儿子，在外面的铁匠铺干活。我还有第三个儿子，就是他为我们一家捕鱼。哦，旅行者，你们是谁，来自何方？”

洛基和奥丁把名字告诉了赫瑞德玛，但是没有用他们在阿斯加德或米德加尔德为人所熟知的名字。赫瑞德玛端来鱼给他们吃。“你们这一路的冒险经历不少吧？”他问道，“很少有人到这儿来，我也不知道外面发生了些什么。”

“我用石头砸死了一只水獭。”洛基笑了一声说。

“你杀了一只水獭！”赫瑞德玛惊呼道，“你在哪儿杀的？”

“老人家，我在哪儿杀的不重要，”洛基说，“不过，它的皮倒是不赖，我把它别在了腰带上。”

赫瑞德玛一把从洛基的腰带上抢过水獭皮。他只看了一眼，便惊声叫道："法夫纳、雷金，儿子们快过来，叫你们铺子里的奴隶也到这儿来。快，快，快！"

"老人家，你为什么突然这样高声喊叫？"奥丁问道。

"你们杀了我的儿子欧特，"老人怒道，"我手里拿着的就是我儿子的皮。"

赫瑞德玛话音未落，两个年轻人就拿着铺子里的大手锤冲了进来，身后跟着他们的奴隶。"哦，法夫纳，哦，雷金，快用锤子把这两个人砸死，"他们的父亲喊道，"我用魔法把你们的兄弟欧特变成一只河兽，好让他为家里捕鱼。他原本好好待在河里，现在却被这两个人杀了。"

"先冷静一下，"奥丁说，"如果你所言非虚，那我们确实杀了你的儿子，但我们不是有意的。我们会为你儿子的死作出补偿。"

"你们能给我什么补偿？"赫瑞德玛说着，用细小而锐利的眼睛看向奥丁。

然而，众神之长奥丁给出了一个与他的智慧和力量并不相称的答案。他本可以说："我会让你喝一口密米尔的智慧泉水，作为对你儿子死亡的补偿。"可是，这位至高无上的神祇想到的不是智慧，而是金子。众神之父奥丁开言道："给你儿子的性命开个价，我们会用黄金来支付。"

"呵，想必二位是周游列国的伟大君主吧，"赫瑞德玛说，"如果你们真这么有钱，那找来的金子，可得盖住被你们杀害的水獭的每一根毛发。"

接下来几天，奥丁一直在为搜集黄金的事情发愁。他想到一个宝藏，一个由矮人看守的宝藏。在九界之中，估计只有这个宝藏的黄金储量可以满足赫瑞德玛的要求。奥丁劫掠宝藏的想法挥之不去，可他又为这个想法感到耻辱。

“洛基，你听说过安德瓦利的宝藏吗？”奥丁问道。

“当然，”洛基机灵地说，“我还知道它藏在哪里。奥丁，只要你发话，我立刻就把安德瓦利的宝藏给你取来。”

奥丁与赫瑞德玛交谈。“如果你们同意让他去取财宝，”奥丁说，“去取能将水獭的每一根毛发都盖住的财宝，我愿意留在这里充当人质。”

“我同意。”赫瑞德玛露出锐利而狡猾的目光说。接着，他又对洛基说：“现在就去。”于是，洛基离开了那间房子。

安德瓦利是矮人族的一员。在很久以前，他便为自己积累了无限的财富，九界之中可以说是无人能及。他把自己化身为一条鱼——一条梭子鱼——在藏有宝物的山洞前的暗河中巡游，只为寸步不离地看守宝藏。

阿斯加德所有的神民都听说过安德瓦利，以及他所看守的宝藏。但是，没有人敢打这个宝藏的主意，因为他们认为这宝藏沾染了什么不祥之物。可现在，奥丁发话了，要从矮人手中把宝藏夺走。洛基兴致勃勃地来到安德瓦利的洞穴前。他在暗河边停下脚步，寻找安德瓦利的身影。不一会儿，他就看见那条梭子鱼在河中小心翼翼地游着。

洛基得抓住这条梭子鱼，扣留它，直到它拿出宝藏赎身。正当洛基观察的时候，梭子鱼也发现了他。它一头扎进水中，飞速顺流而下。

洛基徒手抓不到鱼，身边也没有鱼钩或绳子。那么，他该如何逮住这条鱼呢？看来只能用一张由魔力织成的渔网了。洛基知道去哪里可以弄到这样一张网。

深海之神埃吉尔的妻子澜有一张魔网，她正是用这张网捞起了所有失事船只的残骸。洛基想到了澜的网，转身回到埃吉尔的大厅，去向他的王后借网。但是澜很少待在丈夫的住处。眼下她正在大海的礁石之间寻觅宝物。

洛基找到了澜。这位冰冷的女王站在海浪之中，手里拿着网，向下打捞着被海水冲刷的每一件宝物。她从海中捞出的东西已经堆积成山，有珊瑚和琥珀，还有一些碎金碎银，但她仍然不满足，一有空闲便向海中撒网。

“你应该认识我吧，埃吉尔的妻子。”洛基对她说道。

“我认识你，洛基。”澜说。

“把你的网借给我吧。”洛基说。

“这可不行。”澜说。

“你把网借给我，我去把矮人安德瓦利捉住。这个家伙夸口说，他随便掏出一根金条，就比你从海里捞上来的所有宝物还要贵重。”

冰冷的海洋女王收起了手中的渔网。她一动不动地看着洛基。对啊，如果他是去抓安德瓦利的话，那借给他也不是不行。澜憎恨所有的矮人，因为总有人告诉她，就算她把海里的财物全都捞出来，也不如矮人们的藏宝有价值。不过，她最痛恨的人还是安德瓦利，因为他坐拥九界之中最为珍贵的宝物。

“这里也捞不到什么了，”澜说，“如果你发誓在明天之前，能把网还回来，我就把它借给你。”

“哦，埃吉尔的王后，我向穆斯贝尔海姆的火焰发誓，”洛基高声喊道，“明天之前，一定将渔网还给你。”于是，澜把这张有魔力的网交到了洛基手上。洛基又回到河边，那是矮人变身之后，守卫神奇宝藏的第一道防线。

化身为梭子鱼的安德瓦利浮在暗河之中。虽然周围一片漆黑，但在安德瓦利眼中却是明亮的，因为在神奇宝藏的映衬下，一切都闪耀着金光。为了守护宝藏，他切断了与其他矮人的联系，也不再享受锻造和冶炼所带来的乐趣；为了守护宝藏，他甘愿变成一条又聋又哑的鱼。

当安德瓦利游到洞口时，他注意到上方有一个影子。他悄悄向投射在水中的阴影游去。当他转身的时候，发现有人在岸边撒下一张大网。他迅速潜入水底，可那张附有魔力的网已经铺开，将他困在网眼之中。

突然，他被拽出水面，扔到岸上，连气都喘不上来。如果没有及时变回原形，他很可能当场便丢了性命。

不一会儿，他就恢复了矮人的身形。“安德瓦利，你被捉住了，捉拿你的人是阿萨神族的一员。”他听见捕鱼者如是说。

“洛基。”安德瓦利喘着粗气道。

“你被捉住了就别想逃，”洛基对他说，“你得把宝物交给我，这是阿萨诸神的意愿。”

“我的宝物，我的宝物！”矮人喊道，“我绝不可能把宝物交给你。”

“在你交出来之前，我是不会放你走的。”洛基说。

“凭什么？这不公平！”安德瓦利叫道，“最不讲信用的就是你了，洛基。我要去奥丁的王座前，将你抢夺宝藏的事情告诉他，看他不好好惩罚你一番。”

“就是奥丁让我来取宝物的。”洛基说。

“难道这世上没有公理可言了吗？难道所有的阿萨之神都是骗子吗？哦，也是，当初就是靠骗，才让巨人为你们修筑了城墙。阿萨诸神才不跟凡人讲道理呢。”

洛基并不打算放掉安德瓦利。矮人不答应他的要求，还对他口出狂言，于是洛基只好用酷刑折磨他。最后，气得浑身颤抖、脸上满是泪水的安德瓦利，只得把洛基带进山洞，然后挪开一块巨石，告诉他那堆了一地的黄金和珠宝就是他的宝藏。

洛基当即将各种形状的黄金——有金锭、金块、金环，以及各种颜色的宝石——有红宝石、蓝宝石、绿宝石收入魔网之中。安德瓦利在宝物堆上抓走了什么东西，洛基看到了，可是他却不动声色。最后，所有的财宝都被收进了网袋里。洛基扛起矮人的宝物，准备将它们搬到山洞外面去。

“安德瓦利，你还有一样东西没交出来，”洛基说，“就是你从那堆宝物上拿走的戒指。”

“我什么也没拿，”矮人说，“我没从宝物堆上拿走任何东西。”但他说这话时，气得浑身颤抖，咬牙切齿，嘴角还泛起了白沫。

洛基走上前去，抬起他的胳膊，安德瓦利藏在腋窝里的戒指掉到了地上。

这是宝藏堆中最有价值的东西。如果让安德瓦利留着这枚戒指，他总有一日会卷土重来，因为这枚戒指本身就能产出金子。这枚神奇的戒指由纯金打造而成，淬去一切杂质，上面还印刻了卢恩符文。

洛基捡起这枚最为珍贵的戒指，把它戴在手指上。矮人高声尖叫起来，并用两个拇指指着洛基，对他施加诅咒：

刻有卢恩符文的戒指，
神秘力量的觉醒：
愿它消磨持有者的好运，
始终与罪恶纠缠。
你，洛基，
以及任何想将我珍藏的戒指
据为己有的人，
诅咒将在你们身上应验。

在安德瓦利念诵咒语的时候，洛基看到洞穴里有一个人起身向他走来。当这个人走近，他才认出来，她就是曾经去过阿斯加德的女巨人古尔薇格。

很久以前，在诸神来到圣山、阿斯加德尚未建立之时，曾有三位女巨人登山拜访阿萨诸神。她们与诸神相处了一段时间，在很大程度上，改变了他们的生活习惯。诸神开始重视黄金的价值，并把它大量囤积起来，不再将它视为休闲消遣之物。同时，诸神接触到了“战争”的概念。奥丁将他的长矛抛向来自华纳神族的使者，战争就此降临人间。

后来，三位女巨人被逐出了阿斯加德。阿萨神族与华纳神族签订了和平契约。永葆青春的金苹果在阿斯加德茁壮成长。可是，阿萨诸神再也不像之前那样快乐了，女巨人的到来在诸神心中埋下了一颗种子。

古尔薇格是三位女巨人之一，正是她们毁掉了阿萨诸神最初的快乐。看哪，她就住在安德瓦利藏宝的山洞里；看哪，她正面带微笑朝洛基走来。

“呀，洛基，”古尔薇格笑着说，“你又见到我了。派你来这个山洞的奥丁也会再次见到我。这样吧，洛基，我先行一步，替你捎个口信，就说你很快会给奥丁献上安德瓦利的宝藏。”

古尔薇格一面冲他微笑，一面迈着轻快的步伐走出了洞穴。洛基把渔网收拢，将所有的宝物揽入其中，随后也离开了山洞。

众神之父奥丁倚靠在长矛上，注视着那张在身前摊开的水獭皮。这时，屋里闪过一个人影。奥丁定睛一看，认出这个脚步轻巧的闯入者是古尔薇格——她曾与另外两个同伴搅扰了诸神的幸福生活。奥丁举起长矛，准备向她掷去。

她说：“奥丁，把你的长矛放下，这么多年了，我一直被困在矮人的洞穴里，是你的话将我释放出来，是安德瓦利戒指的诅咒唤我来到这里。放下长矛，众神之父奥丁，看向我的眼睛。

“你曾将我逐出阿斯加德，但是你的话又让我回到你跟前。如果你和洛基，可以用黄金换取自由，重新回到阿斯加德，那我古尔薇格，凭什么不能随意进出神的领域？”

奥丁放下手中的长矛，深深叹了一口气。“你说得没错，古尔薇格，”他说，“我不会再阻止你进入阿斯加德。唉，我当初就不该用金子作为补偿，克瓦希尔的灵酒和密米尔的智慧泉水，哪一样不比黄金更有价值？”

两人的话还没说完，洛基便走进了赫瑞德玛的住处。他把魔网放在地板上。眼尖的赫瑞德玛、壮硕的法夫纳，以及瘦削的雷金也跟了进来，凝视着透过网眼闪闪发光的黄金和宝石。他们开始互相推搡，谁都想第一个扒开网袋，一睹安德瓦利宝藏的真容。只听赫瑞德玛喊道：“我们得先清点一下黄金和宝石，看够不够数。除了我和这两位国王，其他人都出去。走吧，我的儿子们，别待在这儿了。”

于是，法夫纳和雷金被赶出了屋子。兄弟二人刻意放慢了脚步。古尔薇格跟在他们身边，对他们轻声耳语。

年迈的赫瑞德玛用颤抖的双手，展开了曾经包裹他儿子的皮毛。他把耳朵、尾巴和爪子都拉出来，让每一根毛发都暴露在外。赫瑞德玛跪在地上，双手撑地，尖锐的目光扫遍了皮毛的每一个角落。他还没起身便迫不及待地说：“哦，国王们，快开始吧，用宝石和黄金盖住我儿子的皮毛。”

奥丁倚靠在长矛上，注视着眼前成堆的财宝。洛基取出黄金——有金锭、金块、金环，又拿出宝石——有红宝石、绿宝石、蓝宝石，开始往水獭的毛皮上堆放。不一会儿，中间的部分就被盖好了。接着，洛基拿起黄金和宝石放到爪子和尾巴上。很快，水獭的毛皮变得金光闪闪，仿佛可以照亮整个世界。但洛基仍在搜寻，看哪里能再放上一块黄金或者一颗宝石。

年迈的赫瑞德玛趴在地上，仔细检查着每一寸皮肤，他找啊找，想再找到一根没有被盖住的毛发。最后，他跪立在地，张着嘴巴，但是一句话也没说。他碰了碰奥丁的膝盖。当奥丁俯下身后，他便指向水獭嘴唇上的一根毫毛，示意还有地方没被盖住。

“你这是什么意思？”洛基对这个蜷跪在地的人吼道。

“你们的赔偿还没付清呢——看，这里还有一根毛没被盖住。要是不把每一根汗毛都用黄金或宝石盖住，你们谁也别想走！”

“闭嘴吧，老东西，”洛基怒道，“矮人的宝藏全在这儿了，你还想怎么样？”

“要是不把每一根汗毛都用黄金或宝石盖住，你们谁也别想走！”赫瑞德玛还是那句话。

“黄金和宝石都没有了。”洛基说。

“那你们就老实待在这儿吧。”赫瑞德玛起身说。

情况确实如此。奥丁和洛基不能离开那幢房子，直到他们付清之前所承诺的偿款。那么现在，这两位阿萨神明还能上哪儿去找金子呢？

这时，奥丁瞥见了洛基手指上闪着金光的指环，就是那枚从安德瓦利那儿抢来的戒指。“那枚戒指，”奥丁说，“把你的戒指放到那根毫毛上。”

洛基将刻有卢恩符文的戒指摘下，放到了水獭皮的唇毛上。赫瑞德玛拍手尖叫起来。壮硕的法夫纳和瘦削的雷金走了进来，古尔薇格也紧随其后。他们站在那张皮毛周围。那个曾经既是儿子又是兄弟的欧特，如今变成了一件价值连城、闪闪发光的宝物。这时，矮人一家不再关注这副皮具，而是把注意力放到了彼此身上。法夫纳和雷金把目光投向父亲，接着转向彼此，眼神中透露着杀气。

参加埃吉尔宴会的阿萨和华纳诸神正走在彩虹桥碧佛洛斯特

上，他们中有弗雷、芙蕾雅、弗丽嘉、伊敦恩和西芙；还有手持长剑的提尔和乘坐山羊战车的索尔。洛基跟在他们后面。众神之父奥丁则走在人群的末尾，他垂着脑袋，脚步沉重，因为他知道身后跟着一个不受欢迎的人——古尔薇格，那个曾经被逐出阿斯加德的人。如今她重回圣山，诸神亦是敢怒不敢言。

第三卷

女巫之心

第一章
阿斯加德的不祥之兆

后来发生的事情对阿斯加德诸神来说是种耻辱，凡人也对此绝口不提。女巫古尔薇格重返阿斯加德，连彩虹桥守卫者海姆达尔也拿她没有办法。她走进大厅，端坐在阿萨和华纳诸神之间。古尔薇格在阿斯加德穿行，脸上时刻带着笑意。凡是见过她身影或笑容的人，都难逃不幸与厄运的纠缠。

诗人布拉吉和他的妻子——美丽单纯的伊敦恩，便是古尔薇格之诅咒最大的受害者。在过去，伊敦恩采摘的苹果可以让阿斯加德诸神永葆青春，布拉吉每天都会讲那个没有结局的故事。可现在，布拉吉的故事突然停止，青春女神伊敦恩也遭遇了不幸。一天，诅咒之力突然降临，伊敦恩从世界之树伊格德拉西尔上失足摔落。这样一来，再也没有人能采摘让阿萨和华纳诸神永葆青春的金苹果了。

阿斯加德诸神陷入了恐慌之中。他们的力量逐渐消退，容貌也开始衰老。索尔发现自己连举起妙尔尼尔都变得困难，那是他的巨锤。芙蕾雅项链下的肌肤也失去了白皙的光泽。古尔薇格招来众神的愤恨，但尽管如此，她还是面带微笑地在阿斯加德游荡。

奥丁和弗雷前去寻找伊敦恩的下落。如果弗雷仍有神剑在手，只需一挥剑，便可以将伊敦恩找到并带回阿斯加德。可是，他已经用那把剑交换了吉尔达。在寻找过程中，弗雷不得不与湖之守卫贝利交手，因为伊敦恩就躲在湖水里面。弗雷最终用雄鹿角制成的武器将他击败。此时，弗雷并未意识到失去神剑的损失之巨大，直到日后才追悔莫及：那是火巨人的骑兵突进阿斯加德之时，原本占据上风的华纳神族，却因失去弗雷的神剑而与胜利失之交臂。

弗雷和奥丁找到伊敦恩，把她带了回来。但是古尔薇格之诅咒仍在阿斯加德城中蔓延。此时，诸神反应过来，正是女巫搅扰了他们的心智。

最后，奥丁不得不对古尔薇格加以审判，并将她判处死刑。然而，古尔薇格并非凡人之躯，唯有奥丁的长矛贡尼尔可以杀死她。

奥丁将长矛投向古尔薇格。长矛穿透她的身体，可是她仍然微笑着站在诸神面前。奥丁再次投出长矛，长矛又一次刺穿了古尔薇格。她的脸上失去血色，可是依然没有倒下。奥丁第三次向她掷去长矛，女巫发出一声尖叫，整个阿斯加德都为之震颤。随后，古尔薇格倒地而亡。

“我打破了禁令，在这神圣的殿堂上开了杀戒。”奥丁说，“现在，将古尔薇格的尸体抬到城墙上烧掉。这样困扰我们的女巫便不会在阿斯加德留下任何痕迹。”

众神齐力将女巫古尔薇格的尸体搬运到城墙上。他们点燃柴堆，放上尸体，然后呼唤赫拉斯瓦尔格尔用翅膀扇起火焰。

巨人赫拉斯瓦尔格尔，
化作一头雄鹰，
坐在天界边缘。
据说，吹向大地的风，
都来自他伸展的羽翼。

这一切发生的时候，洛基在很遥远的地方。那阵子他经常会离开阿斯加德，去世界各地寻找安德瓦利遗留的宝藏。正是古尔薇格让他一直对这些宝物抱有幻想。当洛基返回阿斯加德，并打听到最近发生的事情后，不由得怒火中烧。古尔薇格的出现和她散播的谣言侵扰了许多人的心智，洛基便是其中之一：他开始憎恨阿斯加德诸神。现在，他来到焚烧女巫的城墙上，发现她的尸体已被烧成灰烬，可是那颗心脏却仍在火中搏动。洛基捡起心脏，一口吞了下去。哦，从洛基吞下无法被烧毁的心脏那一刻起，阿斯加德便注定要笼罩在黑暗可怖的阴影之中！

第二章

背叛者洛基

洛基偷了弗丽嘉的鹰之羽衣，摇身变成一只猎鹰离开了阿斯加德，朝约顿海姆飞去。

洛基飞过巨人国的领地，如鹰一般迅捷凶猛。这片荒凉大地上的险峰和裂谷似乎点燃了他的灵魂。他望向海中的旋涡和浓烟滚滚的黑山，心里反而感到些许平静。他振开翅膀，往南边飞去，直到看见真火之国——穆斯贝尔海姆。洛基飞上高空，透过鹰的眼睛，看到了苏尔特尔火焰之剑闪耀的光芒。有朝一日，穆斯贝尔海姆的火焰和约顿海姆的阴云，都将成为毁灭世界的武器。到了那时，美丽的阿斯加德将不复存在，米德加尔德的未来也一片暗淡，但洛基想到这些时，已经不再觉得难过或沮丧。

洛基来到约顿海姆，在一间房屋的上方盘旋。他为何来到此处？因为他发现这屋子里有两个女人。洛基对阿萨和华纳女神恨之入骨，这两个邪恶丑陋的女人，反倒更合他的心意。

洛基在巨人敞开的门前徘徊，想看看屋里有些什么人。巨人中最为野蛮之人盖尔罗德就在屋中，蹲在盖尔罗德身边的是他两个又丑又坏的女儿，格嘉普和格蕾普。

两个女孩身躯庞大，体态臃肿，皮肤黝黑而粗糙，她们长着马一般的牙齿和鬃毛。如果非要在她们中间比个美丑，那只能说格嘉普比格蕾普还要更丑一些，因为她的鼻子足足有一码长，还长了一对歪眼睛。

三个巨人坐在一起，互相挠对方身上的虱子。他们一边挠，一边咒骂阿斯加德众神。在诸神中，他们最为痛恨的便是索尔。若是有机会，把他卸成八块也不为过。

“我要用链子把索尔捆起来，”巨人盖尔罗德说，“再用铁棍把他活活打死。”

“我要把他的骨头碾成粉末。”格蕾普说。

“我要把他的肉从骨头上撕下来，”格嘉普说，“爸爸，你就不能活捉了他，交给我们处置吗？”

“不太好办。别忘了他还有铁手套、力量腰带和巨锤妙尔尼尔。”

“唉，要是他没有锤子、腰带和手套，我们就能抓住他了。”格嘉普和格蕾普齐声叹道。

就在这时，他们发现了在门前盘旋的猎鹰。三人憋了一肚子火气，正巧看到这只小鸟，于是想抓它来好好折磨一番。他们没有挪动身子，而是唤来一个名叫格拉普的小孩。这个孩子正在屋脊的横梁上荡来荡去，三个巨人吩咐他出门把鹰抓回来。

小格拉普将身子藏在巨大的叶片中，顺着门边的常春藤往上爬。猎鹰就在树藤附近。格拉普抓住了鹰的翅膀，却不慎从藤蔓上摔下。鹰用翅膀拍他，用爪子挠他，用利喙啄他，格拉普尖叫不止，却牢牢拽着它不放。

盖尔罗德、格蕾普和格嘉普冲出来抓住了猎鹰。巨人把鹰拿在手中端详了片刻，随后断定这只鹰绝非普通鸟兽。它眼中的光芒只属于阿尔夫海姆[1]或阿斯加德的居住者。巨人抓住它，把它关进一只箱子，直到它愿意开口说话。

没过多久，洛基就从里面敲了敲紧闭的箱子。盖尔罗德一打开锁扣，洛基就滔滔不绝地说起话来。有这样一位阿斯加德之神在手，野蛮的巨人感到十分得意。他和女儿们终日无所事事，就是为了守在箱子边，以逗弄洛基取乐。洛基被关在箱子里，一关就是好几天，连饭都没有吃，耗费了许多体力。

一天，巨人们再次打开箱子，洛基抓住这个机会与他们谈判。他说只要巨人们放他出去，他可以为他们做任何事情，包括伤害阿斯加德众神。

“你能把索尔弄过来吗？”格蕾普问道。

“你能让他不拿锤子，不戴手套，不系腰带，手无寸铁地到这儿来吗？”格嘉普接着问。

“只要你们放我走，我一定把他带过来，”洛基说，“索尔这人好骗，什么锤子、手套和腰带，我统统让他脱下来！”

“洛基，我们会放你走，”盖尔罗德说，“只要你对着约顿海姆的阴云发誓，让索尔手无寸铁地来到这里。”

洛基立刻抬起头，对天上的阴云发下毒誓。“哦对，还有穆斯

1 精灵之国，北欧神话中的九大国度之一。

贝尔海姆的火焰，我也向你发誓。”说完，洛基又添了一句。巨人和他的女儿们放走了洛基，让他往阿斯加德飞去。

洛基把鹰之羽衣还给了弗丽嘉。阿斯加德诸神都因偷窃一事责备他，然而，当他们得知洛基被关在盖尔罗德家中，几天几夜没吃东西后，也不再忍心责罚他，因为他们认为洛基已经受到了应有的惩罚。洛基像往常一样与众神谈笑风生。但其实，自从他吞下古尔薇格的心脏后，就对诸神产生了愤恨和怨气，只不过他一直压抑着没有显露出来。

他和索尔提起了过去两人在约顿海姆的冒险经历。当他说到索尔打扮成新娘子，嫁给巨人索列姆的时候，索尔早已释怀，于是放声笑了起来。

洛基趁机游说索尔，让他再跟自己去一趟约顿海姆。“说出来你可能不信，但我在盖尔罗德家里看见了——”洛基喘了一大口气，“看见了你妻子西芙的金发。”

“我妻子西芙的金发？”索尔有些惊讶。

“没错，就是我当年从西芙头上剪下来的金发，”洛基说，“我把头发扔掉后，盖尔罗德又把它捡了回来。他们用西芙闪闪发光的头发照亮了大厅。哦，是真的，有了西芙的头发，他们连火把都不用点了。”

“那我可得瞧一眼。”索尔说。

“去盖尔罗德家串个门呗，”洛基说，“但如果你要去他家，就不能随身带着巨锤妙尔尼尔、铁手套和力量腰带。”

“那我该把锤子、手套和腰带放在哪儿呢？”索尔问道。

“把它们放在奥丁的宫殿——瓦拉斯克亚尔夫，”狡猾的洛基说，“先把东西存起来，再到盖尔罗德家去，他们一定会热情地招待你。”

“好，我这就去瓦拉斯克亚尔夫存东西，然后跟你一起去盖尔罗德家。”索尔说。

索尔把锤子、手套和腰带放在瓦拉斯克亚尔夫，随后和洛基一同前往约顿海姆。他们在途中被一条宽阔的河流挡住去路，还在岸边遇见一个年轻的巨人，于是，三人结伴蹚水过河。

三人正渡河，河水却突然上涨。要不是索尔抓住他们，洛基和年轻的巨人都会被水冲走。水位越涨越高，水流也越来越湍急。索尔不得不把脚牢牢扎进河底，否则他们所有人都会被汹涌的洪水卷走。他拉着洛基和年轻的巨人，在水中艰难跋涉。岸边长着一棵山梣树，索尔让身后两人牢牢抓住他，而他自己则双手紧抱树干。河水仍在高涨，索尔使尽全力将二人推到岸上，然后才自己爬了上去。

索尔抬头往河的上游望去，看到一个女巨人正往河里倾泻洪流，不由得怒火中烧。这就是河水不停上涨的原因。索尔从岸边举起一块石头朝女巨人砸去。她被石头砸中跌入洪流，挣扎着浮出水面，然后尖叫着被水流冲走了。这个女巨人就是格嘉普——盖尔罗德又丑又坏的女儿。

索尔从河中救出的年轻巨人无以为报，就邀请两位阿萨之神去家中做客，还可以顺便拜访一下他的母亲格莉德。他们就住在山坡上的石洞里。洛基不乐意去，听到索尔打算去时还有些生气。但索尔见这年轻的巨人十分友好，于是也想去看望一下他的母亲。

“行，那你去吧，但你得赶快到盖尔罗德那儿去。我先去他家等你。”洛基说道。他看着索尔爬上山坡，去了格莉德的石洞。洛基在山下蹲守，直到看见索尔出门，往盖尔罗德家走去，他才悄悄跟了上去。他看着索尔走进屋子，心想这就是他的葬身之地。洛基想到自己的诡计即将得逞，便把头埋进肩膀，像只疯鸟一样在地上扑腾起来。

上了年纪的女巨人格莉德正坐在洞穴的地上，用两块石头研磨谷物。“我当是谁呢，”当儿子领索尔走进山洞时，她说道，“哦，原来是阿萨神族的一员！这次来打算伤害哪个巨人呢，阿萨的索尔？”

“我不会伤害巨人的，格莉德，”索尔解释说，“你瞧！我没戴手套，没系腰带，甚至连巨锤妙尔尼尔都没带出来。”

“那你来约顿海姆做什么？”

“哦，格莉德，我要去拜访一位友善的巨人——盖尔罗德，你认识他吗？”

“你说盖尔罗德是友善的巨人？阿萨的索尔，我看你是被水泡糊涂了吧？——我的儿子呀，他还把你从洪流里救出来，你说他脑子是不是坏掉了？”

“母亲，你跟他说说盖尔罗德吧。”年轻的巨人说。

“别去他家，阿萨的索尔。我就这一句话，别去他家。”

“我已经答应他们了，总不能出尔反尔吧。再说，我也不能因为一个坐在磨石上的老婆婆说了一句话，就躲着不去，那我岂不成了懦夫？”

“那我就给你一些可以防身的东西吧，阿萨的索尔。好在我手上还有几件神奇的宝物。来，拿着这根手杖。这是一根魔法手杖，会在关键时刻，像妙尔尼尔一样护你周全。”

“老人家，既然你好心把这虫蛀了的手杖给我，那我就收下吧。”

“还有这一双连指手套。它们会像铁手套一样为你效力。”

“老人家，既然你好心把这磨破了的手套给我，那我就收下吧。”

“再带上这条束带。它可不会输给你的力量腰带。”

“老人家，既然你好心把这条粗糙的束带给我，那我就收下吧。”

“阿萨的索尔，别小瞧它们，这些神奇的宝物你都用得上。”

索尔听她的话，将那条粗糙的束带围在腰上。这下他知道巨人格莉德所言非虚，因为他立刻感到力气倍增，仿佛束上了自己的力量腰带。接着，他戴上连指手套，握住了女巨人给他的魔杖。

索尔就这样离开了巨人格莉德的山洞，去往盖尔罗德的住处。洛基并不在那里。这时，索尔才明白过来，或许格莉德说得没错，前方确实有一个陷阱在等着他。

大厅里面空无一人。索尔离开大厅，来到一个石砌的巨大房间，发现那里也没有人在。不过，石室中央有一个石座，索尔径直坐了上去。

他刚一坐下，石座就飞了起来。要不是索尔高举魔杖，他早就被石头屋顶撞得粉碎了。魔杖的威力是如此之大，束带的赋能是如此之强，以致石座被反震在地，摔成了碎片。

石堆下传来了可怕的尖叫。索尔扒开一看，发现下面躺着两具残缺不全的尸体。那是巨人的两个女儿格嘉普和格蕾普，她们原本躲在石座底下，准备看着索尔送死。然而，这本应该把索尔撞向屋顶的石座，却将她们砸在地板上。

索尔咬着牙大步离开石室。大厅里燃起了熊熊烈火，而站在火边的，正是长臂巨人盖尔罗德。

巨人把铁钳伸进火中。当索尔靠近时，巨人用钳子挑起一块燃烧着的铁楔朝他扔去。只听“嗖”的一声，它径直砸向索尔的前额。索尔举起双手，用格莉德给他的连指手套抓住了炽热的铁锲，并反手将它抛向盖尔罗德。铁楔正中巨人的额头，穿透了他的脑袋。

盖尔罗德跌进火中，燃烧的铁楔使巨人迅速被火焰吞没。索尔回到格莉德的洞穴，将束带、魔杖和连指手套还给那个上了年纪的女巨人。随后，他抬眼望向盖尔罗德的住所，发现整个屋子都已经湮没在火海之中，不知道的还以为那里燃起了穆斯贝尔海姆的火焰。

第三章
洛基对抗阿萨神族

阿萨诸神受到华纳神族的邀请：在弗雷的宫殿，阿斯加德诸神齐聚一堂，举杯畅饮，共享盛宴。奥丁和提尔出席，维达和瓦利、尼奥尔德、弗雷、海姆达尔和布拉吉也在宴会上。阿萨和华纳女神也纷纷到场，她们是弗丽嘉、芙蕾雅、伊敦恩、吉尔达、斯卡蒂、西芙和南娜。索尔和洛基没有参加宴会，因为他们出门在外，还没回到阿斯加德。

弗雷宫殿里的器皿均由闪亮的黄金打造而成。它们不仅照亮了餐桌，还会自行为用餐者奉上佳肴。宴会在一片祥和融洽的氛围中进行，直到洛基走进大厅。

弗雷微笑着表示欢迎，并指了一条长凳请洛基入座。长凳就在布拉吉和芙蕾雅旁边。洛基不肯落座，反而大声嚷嚷起来："我才不跟布拉吉坐在一起呢，他就是个懦夫，是阿斯加德最胆小的人。"

听了这番话，布拉吉气得一下子站了起来，但是他的妻子——

温柔的伊敦恩平息了他的怒气。芙蕾雅转向洛基，指责他不该在宴会上出口伤人。

“哟，芙蕾雅，”洛基接着说，“你可真是通情达理呀。怎么奥都尔还在的时候，不见你这么善解人意呢？你要是能当个称职的妻子，尽到妻子的本分，而不是为了一条项链背叛你的丈夫，现在哪来的这么多破事？”

洛基的话语和眼神中的愤恨引得满堂哗然。提尔和尼奥尔德还从座位上站了起来。这时，传来了奥丁的声音。阿斯加德的神民都安静下来，准备聆听众神之父的发言。

“哦，洛基，坐在我沉默的儿子维达身边吧，”奥丁说，“让你那滴着苦汁的舌头消停一会儿。”

“哦，奥丁，阿萨和华纳诸神都对你唯命是从，仿佛你就是智慧和正义的化身，”洛基说，“难道我们这么快就忘记了——是你将长矛投向华纳的使者，是你挑起了战争？当初我不择手段，赶走了为阿斯加德修筑城墙而索要报酬的巨人，难道不是你默许的吗？哦，奥丁，你怎么不说话了，阿萨和华纳诸神都听着呢！古尔薇格为什么会从山洞来到这里？因为她是矮人宝藏的守护者！是谁非要夺取矮人的宝藏，用黄金，而不是用智慧去交赎金？奥丁，你就是一切的始作俑者。你自以为是，不辨是非，我们在座的各位也无须像以往那样遵从你的意志，仿佛你说的便是至高无上的真理。”

就在这时，尼奥尔德的妻子斯卡蒂朝洛基吼了起来。她身上仍流淌着巨人不羁的血液。“还愣着干什么？”斯卡蒂怒道，“快把这只叽叽喳喳的乌鸦赶出大厅！”

“斯卡蒂，”洛基说，“可别忘了，我们还欠了你父亲一条命呢。你不想着替父报仇，反而在这里讨了个丈夫。还记得是谁杀死了你的巨人父亲吗？是我，洛基。你来到阿斯加德，成了我们的一员，但我可是一分钱也没赔给你。”

随后，洛基把目光投向宴会的举办者弗雷身上，大家都知道他会成为下一个受害者。但是这时，勇敢的剑士提尔起身说道：“哦，洛基，我不许你诋毁弗雷。弗雷作风端正，为人大度，他从不欺辱战败的英雄，还会释放战争中的俘虏。”

“住嘴吧，提尔，”洛基说，“你就别多管闲事了。你那只握剑的手能不能保住都还是个问题。可别怪我没提醒你。”

“弗雷，”洛基接着说，“别以为这里是你的主场，我就不会拆穿你的真面目。我可不会被一桌宴席收买。派史基尔尼尔前往巨人吉米尔的住处，愚弄他轻浮女儿的人，难道不是你吗？你贿赂史基尔尼尔，骗吉尔达与你成婚，还有传言说，你杀死了她的亲兄弟。弗雷，这都是你干的好事。你为了一个巨人少女放弃神剑——那把本该留到末日之战的神剑。你在湖边与贝利交手时，多少也该有些觉悟了吧？”

他说完这番话后，在场的华纳诸神都站了起来，对洛基怒目而视。

“都坐下吧，华纳诸神，”洛基继续说道，“如果阿萨神族想要抵挡约顿海姆和穆斯贝尔海姆对阿斯加德发起的进攻，那么，华纳神族应该率先冲向维加德平原，奋战到最后一刻。只可惜，你们已经输掉了这场战役，因为本该在弗雷手中的武器，已经被拿去交换了巨人少女吉尔达。哈！多亏弗雷被爱情冲昏了头脑，你们所有人都会死在苏尔特尔的剑下！”

洛基的忤逆言论让众神惊恐不已。他竟然预言苏尔特尔会取得最终的胜利，竟然对诸神怨恨到了如此程度。要不是奥丁发话，在座的诸神恐怕早已对洛基下手。这时，另一个人出现在宴会大厅的入口。那人便是索尔。他肩上扛着巨锤，手上戴着铁手套，腰间系着力量腰带。他站在门口，死死盯住洛基，眼中喷出怒火。

“喂，洛基，你这个叛徒，”索尔吼道，“你之前打算在盖尔罗德那儿害死我，但是现在，你将死在我的巨锤之下！”

索尔高举双手，准备掷出巨锤妙尔尼尔。可这时，奥丁发话了：“阿斯加德众神珍视生命，不好杀戮。索尔，我的儿子，握住你的巨锤，万万不可松手。”

为了躲开索尔愤怒的眼神，洛基逃离了宴会大厅。他翻过阿斯加德的城墙，越过彩虹桥碧佛洛斯特。他诅咒碧佛洛斯特，盼望穆斯贝尔海姆的大军压境时，能将这座桥一并摧毁。

在米德加尔德东部，有一片孕育邪恶的沃土，那就是铁森林迦瑞沃德。森林里居住着九界之中最为凶残的女巫。她们有一个首领，一个老太婆，她生了许多儿子，长大后却都变成了狼的模样。其中两个儿子便是斯库尔和哈提，他们一直追逐着太阳苏尔和月亮玛尼。她还有第三个儿子，名叫玛纳加尔姆，这匹狼以人类的气血为食，他一直想吞掉月亮，用鲜血染红天堂和大地。洛基径直朝铁森林迦瑞沃德走去。他娶了一位名叫安格尔伯达的女巫，并生下三个面貌狰狞的孩子。在诸神的黄昏降临时，洛基的后代将成为阿萨和华纳诸神最为强劲的对手。

第四章

女武神瓦尔基里

穆斯贝尔海姆的骑兵、约顿海姆的巨人，以及冥界的邪恶力量，终有一日会向阿斯加德发起进攻。为了应战，众神之父奥丁储备了一支强大的后备军队。这些士兵既不是阿萨之神，也不是华纳之神，他们来自人类种族，是从米德加尔德战场上的亡命将士中选出来的英雄。

为了挑选英雄，也为了给渴求胜利的战士们赐予荣光，奥丁派女武神们来到战场之上。她们美丽、无畏，而且善于观察，因为奥丁向她们传授了智慧的卢恩符文。瓦尔基里，“挑选战死者的女性”，她们还有这样一个称谓。

在阿斯加德，这些从战场上挑选出来的人，又被称为恩赫里亚[1]。奥丁为他们准备了一座伟大的宫殿。这座为战死勇士建造的宫殿名为瓦尔哈拉。瓦尔哈拉共有五百四十道门，每一道门可以同时

---

1 即英灵战士。

容纳八百个人并排进出。每天，英灵战士都会穿上铠甲，从墙上取下武器，前往宫外与其他战士进行决斗。等到日落时分，所有战士的伤口都会愈合，并在融洽的氛围中，一起享用众神之父奥丁为他们准备的丰盛晚宴。奥丁和他的战士们坐在一起，他大口喝酒，但不吃肉。

英灵战士们享用的肉，来自神猪沙赫利姆尼尔。这头神猪每天都会被宰杀烹食，但第二天又会复原如初。战士们喝的是用山羊海德伦的乳汁酿成的蜜酒，这头山羊以生命之树雷拉迪尔的树叶为食。智慧又无畏的女武神瓦尔基里们，在英灵战士中间穿行，用醉人的蜂蜜酒，斟满了他们的牛角酒杯。

女武神中年纪最小的是布伦希尔德。然而，众神之父奥丁向她传授的智慧符文，却比她的姐姐们都多。布伦希尔德下到人界米德加尔德时，奥丁赐予她一件天鹅羽衣。她的三个姐姐：亚尔薇特、奥尔露恩和荷拉德古娜也收到过一件这样的衣服。

年轻的女武神身披洁白的羽衣，从阿斯加德下到人界。此前，布伦希尔德还从未去过战场。在等待众神之父传达旨意时，她发现一片湖泊。湖岸边铺满了金色的沙粒，布伦希尔德被湖水深深吸引，于是褪去羽衣，化为少女沐浴其中。

湖边住着一位年轻的勇士，他的名字叫阿格纳。一天，阿格纳正躺在岸边，忽然看见一只羽毛闪着光辉的天鹅落入湖中。只见她躲进芦苇丛中，褪去羽衣，变成了少女的模样。

她的头发富有光泽，动作迅捷矫健，阿格纳一看便知，眼前这位少女是瓦尔基里的一员。她们会在战场上选出真正的勇士，并为他们带去荣耀。但阿格纳也非等闲之辈，他挖空心思想要抓住这位女神，尽管他知道，这样做会招来奥丁的愤怒。

阿格纳把少女留在芦苇丛中的天鹅羽衣藏了起来。这样她从水中出来时便无法飞走。之后，阿格纳把天鹅羽衣还给了她，但她必须承诺成为他的女武神。

两人交谈时，年轻的瓦尔基里发现阿格纳身上流淌着英雄的血液，而阿斯加德诸神或许能进一步培养他的天赋。阿格纳英勇无比，气度非凡，布伦希尔德作为他的女武神与他同行。她凭借卢恩符文的智慧，将自己所学所知倾囊相授，还告诉他奥丁最后的希望便寄托在人类的英雄身上；诸神将与英灵战士一起，在末日之战中保卫阿斯加德。

布伦希尔德总是和阿格纳的部队一起奔赴战场。她盘旋于战场之上，那闪亮的头发和夺目的战袍，使战士们的长矛、剑刃和盾牌都黯然失色。

灰胡子老国王海尔姆古纳向年轻的阿格纳宣战。奥丁偏袒老国王，并承诺让他获得战争的胜利。布伦希尔德知晓众神之父的意愿，可她还是将胜利赐予了阿格纳，而不是老国王海尔姆古纳。

在违抗奥丁命令的那一刻，布伦希尔德的厄运便已注定。她当即被贬为凡人，再也不得踏入阿斯加德。她现在只是一名普通女子，诺恩三女神已经开始纺织她身为凡人的命运之线。

众神之父奥丁一想到他最具智慧的女武神再也不会出现在阿斯加德，也不会再穿梭于瓦尔哈拉的宴席长桌之间，便不禁感到有些遗憾。奥丁骑上八足神马斯莱普尼尔，来到布伦希尔德现在的住处。然而，当两人相见时，低着头的不是布伦希尔德，而是众神之父奥丁。

因为布伦希尔德现在知道，为了给阿斯加德的最后一战积聚力量，人类的世界正在付出惨痛的代价。最高尚、最英勇的士兵们互相厮杀，等他们战死沙场后，便会从米德加尔德被选入阿斯加德，只为充实奥丁的英灵部队。布伦希尔德对阿斯加德的统治者感到无比愤怒，她甚至不再希望成为众神的一员。

奥丁望着无畏的女武神，对她说："布伦希尔德，在你有限的生命中，是否还有愿望仍未满足？"

"只此一件，别无他求，"布伦希尔德说，"我希望在有生之年，能有一个无所畏惧的男人，一个世间真正的英雄，愿意娶我为妻。"

众神之父低头沉思。"那便如你所愿，"奥丁说，"只有无所畏惧的英雄才能来到你身边。"

于是，奥丁在高山之巅一处名为希恩达尔的地方，建起了一座朝南的宫殿。十个矮人用黑色的石头将它建成。建造完毕后，奥丁在宫殿周围筑起一道升腾回旋的火焰之墙。

不仅如此，众神之父奥丁还从沉睡之树上折下一根荆棘，扎进了布伦希尔德的身体。接着，奥丁为她戴上头冠，换上瓦尔基里的胸甲，然后抱着她穿越了熊熊燃烧的火墙。他把布伦希尔德放在宫殿的躺椅上。她会一直沉眠于此，直到那个无所畏惧的英雄穿过火焰，将她唤醒，开启她作为凡人的生命。

奥丁告别了布伦希尔德，然后骑着斯莱普尼尔回到了阿斯加德。他或许无法预见她作为凡人的命运如何，但那由矮人所建的宫殿四周燃起的火焰仍在不断升腾。从此往后的许多年里，火焰像一道防护墙围绕着布伦希尔德，这位昔日的瓦尔基里，就沉睡在宫殿之中。

第五章

洛基的子女

洛基和女巫安格尔伯达的子女，不像凡人所生的孩子：他们本没有固定的形态，如水、火、雾一般变幻莫测，但是他们每一个都可以选择与自身欲念最匹配的外形。

如今，阿斯加德众神意识到这些邪恶势力已在世间降生，他们仔细思量一番，认为有必要让洛基的子女来到阿斯加德，将自己最真实的面貌展示在众神面前。于是，诸神派人前去铁森林迦瑞沃德，劝说洛基把他和安格尔伯达诞下的新生力量带到阿斯加德。因此，洛基再一次来到神的领域。他的儿女在诸神面前现出真身。第一个孩子，以毁灭为乐，化身为一头可怕的恶狼，名为芬里尔；第二个孩子，以腐蚀为乐，化身为一条巨蟒，名为耶梦加得；第三个孩子，以万物凋零为乐，同样在诸神面前显出了真容，所见者无不胆寒战栗。虽然她拥有曼妙的身形，但只有一半是活人，另一半则是腐烂的尸体。当她逐渐现出真身，并说出自己名为海拉时，恐惧如瘟疫一般在阿斯加德散播开来。

海拉当即被众神逐出阿斯加德。奥丁抓住她，把她关进了地下的世界。奥丁将她流放至雾之国——尼福尔海姆，可她凭借自己的实力，获得了统领九界的力量，并成了冥界——赫尔海姆的君主。她的宫殿名为埃琉德尼尔，四周高墙耸立，大门紧闭。宫殿以悬崖为门槛，以饥饿为餐桌，以悲伤为床榻，以灼烧般的痛苦织成屋内的幔帐。

索尔抓住耶梦加得，把这条巨蟒扔进了环绕世界的深海之中。而在海洋深处，耶梦加得正茁壮成长起来。他不停地长啊长啊，直至身体环绕了整个世界。因此人们也将他唤作“尘世巨蟒”——耶梦加得。

然而，在阿萨诸神中，无人能将恶狼芬里尔制服。他在阿斯加德四处游荡，让神民们心生畏惧。众神许下承诺，答应为他提供充足的食物，才得以将这头恶狼领到外面的庭院。

阿萨诸神都不敢给芬里尔喂食，只有勇敢的剑士提尔除外，他愿意把食物送到狼的巢穴。每天，提尔都会给芬里尔带去大量的食物，并用剑尖挑着喂给他吃。日复一日，恶狼逐渐长成一只庞然大物，成了阿斯加德神民心中挥之不去的阴霾。

最后，众神商议了一番，决定将巨狼芬里尔束缚起来。他们拿出一条铁链，名叫雷锭。这条链子是诸神在自己的铁匠铺里打造的，它的重量甚至超过索尔的巨锤。

众神无法凭借武力让芬里尔戴上铁链，于是他们派弗雷的仆人史基尔尼尔哄骗巨狼，准备让他自投罗网。史基尔尼尔来到芬里尔的巢穴，他站在恶狼巨大的身躯旁，看上去就像一个小矮人。

“哦，芬里尔，好一只庞然大物，”史基尔尼尔说，“你能挣断这条链子吗？诸神想试试你的力气有多大。”

芬里尔低头看着史基尔尼尔拖来的铁链，露出轻蔑的神情。他不屑地站住脚跟，让史基尔尼尔把雷锭套在他身上。然而，芬里尔只是轻轻伸了个懒腰，就让铁链断成了两截。

众神惊愕不已。他们拿出更多的铁，用更大的火和更有力的锤击打造了另一条锁链。这条锁链的名字叫德洛米，它的强度是雷锭的两倍。冒险者史基尔尼尔把它带到狼的巢穴，芬里尔再次不屑地让他把链子套在自己身上。

芬里尔抖了抖身子，却没能抖落铁链。他眼中喷出怒火，咆哮着挺起了胸膛。德洛米被拦腰截断，芬里尔站在那里，恶狠狠地盯着史基尔尼尔。

诸神意识到自己锻造的锁链无法束缚芬里尔，因此心中的恐惧也变得越发强烈。他们再次召开议事会，并提到了矮人为他们打造的神器：长矛贡尼尔、袖珍船斯基德布拉德尼尔，以及雷神之锤妙尔尼尔。那么，矮人是否能打造一条束缚芬里尔的锁链？如果矮人能将此事办成，诸神愿意扩大他们的领土范围。

史基尔尼尔带着阿斯加德诸神的口信下到斯瓦塔尔法海姆。矮人的首领一听说打造锁链的请求来自阿萨神族，便感到颇为自豪。

“我们矮人可以打造一条捆狼的锁链，”他说，“但是要用到六样材料。”

“哪六样材料？”史基尔尼尔问道。

“石头的根、鱼的呼吸、女人的胡须、猫的脚步声、熊的肌腱和鸟的唾沫。”

“我可从没听过猫的脚步声，也没见过石头的根和女人的胡须。不过就按你说的办吧，诸神的救星。”

矮人首领集齐了六样材料后，命令工匠们在铁匠铺中昼夜不停地锻造这条缚狼的锁链。他们将这条锁链命名为格莱普尼尔。它像丝带一样光滑柔软。史基尔尼尔把它带到阿斯加德，交到诸神手中。

几天后，诸神觉得是时候让芬里尔再次戴上锁链了。如果这次成功了，就得把他绑在远离阿斯加德的地方。最后，诸神决定去兰格维岛，那是他们平时消遣嬉戏的地方。芬里尔吼了一声，说他也要一起玩。巨狼来到岛上，他活动筋骨的方式都让人直打寒战。芬里尔正准备参加活动，却被一位神祇拦了下来。这位阿萨之神抖出那条光滑的绳索，拿到芬里尔面前。

“哦，芬里尔，它比你想象得结实多了，”诸神说道，“难道你不想把它缠在身上，让我们看你把它挣断吗？”

芬里尔火红的眼中露出一丝不屑。“怎么？”他说，“挣断这么一根小破绳能让我名扬四海？”

诸神赶紧向他解释，说这绳子虽然看着细，但是在阿斯加德没人能挣断它。“哦，芬里尔，”诸神说，“只有你能弄断这根绳子。”

“绳子确实很细，但或许上面被施了魔法。”芬里尔说。

“看来你是弄不断它了，我们也没必要再怕你了。”众神说道。

巨狼听后勃然大怒，因为他一向以唤起诸神心中的恐惧为生。“我不想被这玩意儿捆住，”芬里尔说，“除非，有一位阿萨之神愿意把手放在我嘴里作担保，保证会放了我，我就让你们把绳子套上。”

众神面面相觑。若是能将芬里尔束缚住，他们的安全就有了保障，但是谁愿意为此失去一只手臂呢？阿萨诸神一个接一个地往后退，只有提尔——那位勇敢的剑士除外。他走向芬里尔，把自己的左手放在他巨大的双颚间。

“哦，提尔，不要左手——放你握剑的那只手。”芬里尔咆哮道。于是，提尔把自己握剑的右手伸进了他的血盆大口。

然后，诸神将格莱普尼尔系在了芬里尔身上。巨狼用火红的眼睛盯着众神。捆好之后，他像之前那样伸展四肢。他使劲把身体撑大，却依旧无法挣脱绳索。一怒之下，芬里尔猛地合上自己的嘴巴。提尔的手，一位勇敢剑士的手，就这样被咬了下来。

不过，芬里尔终究是被束缚住了。诸神在绳索上加了一条粗壮的铁链，然后在巨石上凿出一个洞，把铁链穿了过去。芬里尔竭尽全力想要挣脱束缚，可是巨石、绳索和链子却将他牢牢锁在原地。诸神见恶狼已无力回击，便想为失去右手的提尔报仇。他们挥起提尔的剑，将它刺进狼的下颚，最后只剩剑柄还露在外面。巨狼发出一声可怕的咆哮，白沫止不住地从嘴角流泻而出。狼的口涎汇聚成一条河流，名叫瓦恩。这条狂怒之河奔腾不息，直至“拉格纳洛克”，即诸神黄昏的降临。

第六章
巴德尔的厄运

在阿萨和华纳诸神心目中，阿斯加德有两个地方象征着欢乐与活力，一个是伊敦恩采摘金苹果的果园，另一个则是“和平之殿”布列达布利克，也就是最受众神喜爱的巴德尔的住所。

在和平之殿，没有发生过杀戮，也没有溅洒过鲜血，甚至不曾有人在此说过谎话。每当诸神想到这个地方，心中便会不自觉地感到一阵充盈。啊！若是没有这和平之殿，没有巴德尔带来的欢乐，阿萨和华纳诸神很可能会因为即将降临的灾难，而变得郁郁寡欢。

巴德尔相貌英俊，他是如此俊美，人间所有纯白的花朵都以他为名。巴德尔的生活总是充满乐趣，他是如此快乐，人间所有的鸟儿都唱起了他的名字。巴德尔是如此公正和明智，经他宣布的判决永远不会被更改。凡是污秽不洁之物都不曾靠近他的住所。

此处名为
布列达布利克，

美丽的巴德尔
便栖身于此。
据我所知，
在这片土地上，
极少遇见烦恼与忧伤。

巴德尔的住处会为伤者提供疗养。提尔断臂处的伤口已经愈合。弗雷曾被洛基指责，说他不该用剑换女人，因此他对一切不祥的征兆感到恐惧，如今这种焦虑在这里也得到了缓解。

芬里尔被束缚在远离神域的小岛上，阿萨和华纳诸神也因此度过了一段怡然自得的时光。天气晴朗的时候，诸神会来到巴德尔的住处，听鸟儿的欢唱。同样是在那里，诗人布拉吉把索尔在巨人国冒险的经历，编进了他那没有结尾的故事里。

然而，巴德尔的和平之殿也没有逃过厄运的纠缠。一天，芙蕾雅和她失踪丈夫奥都尔的女儿小赫诺丝，哭着被人带到这里。小姑娘哭得太伤心了，任谁安慰都没有用。巴德尔温柔的妻子南娜把孩子抱到膝上，想着办法逗她开心。然后，小赫诺丝告诉南娜，说她做了一个可怕的梦。

原来，她梦见了海拉，那个一半是活人、一半是尸体的冥界女王。在赫诺丝的梦境中，海拉来到了阿斯加德，还对她说："阿萨神族的一员，将随我一同住进地下的国度。"这个梦让赫诺丝感到害怕，也让她陷入了深深的忧伤。

阿斯加德诸神听到赫诺丝的梦境时全都沉默不语。南娜望向众神之父奥丁，眼中满是忧伤。奥丁则看着弗丽嘉，他可以看出她内心的恐惧。

奥丁离开和平之殿，往瞭望塔希利德斯凯拉夫走去。他在高塔中守望，直至看见胡金和穆宁归来的身影。每天，这两只乌鸦都会在各界穿梭，再回来向奥丁报告当天的见闻。根据它们所收集的情报，奥丁可以推测海拉是否打起了阿斯加德的主意，也可以判断她是否有能力将神族的一员引到她阴森的居所中去。

渡鸦飞向奥丁，分别落在他两个肩头上，向他诉说世界之树伊格德拉西尔上下发生的事情。这些消息全都来自松鼠拉塔托斯克，而拉塔托斯克又是从与巨龙尼德霍格一起的蛇群那里听来的。巨龙和毒蛇盘踞在地底深处，啃咬伊格德拉西尔的树根。拉塔托斯克对栖息在树顶的鹰说，海拉的宫殿空出了一张宝座，并添置了一个床榻，似乎在等待某位贵客的到来。

听到这个消息后，奥丁宁愿让巨狼芬里尔在阿斯加德四处奔走，也不愿让任何一位神明去填补冥界的空缺。

奥丁骑上八足神马斯莱普尼尔，去往亡灵的国度。他在黑暗与寂静中奔行了三天三夜。当奥丁来到赫尔海姆的时候，一头猎犬挣脱了锁链，不停地追着斯莱普尼尔的马蹄印子狂吠。那头名叫加姆的地狱猎犬在他们身后追逐了整整一天一夜，奥丁甚至可以闻到它巨颚间残留的血锈味。

终于，奥丁踏进了亡灵的地界，逝者被包裹在尸布中长眠于此。奥丁从马背上跃下，试图与死去的人们对话。他呼唤的是一位女预言家，名叫渥尔娃。奥丁喊出她名字的时候，借助了卢恩符文的力量，此种特殊的符文可以将逝者从沉眠中唤醒。

在满地的裹尸布中，传来一声呻吟。接着，奥丁大声喊道：

“苏醒吧，渥尔娃，女预言家。”只见尸堆中有什么东西动了一下，紧接着，一个死人昂起了头颅和肩膀。

“是谁在召唤女预言家渥尔娃？雨水浸透了我的皮肤，狂风撼动了我的脊骨，如此长时间的痛苦折磨，绝非生者可以想象。没有任何一个活着的人，有权将我从与死者相伴的沉眠中唤醒。”

“召唤你的人是流浪者威格坦姆。你是否知道海拉宫殿的床榻和宝座是为谁而准备？”

“巴德尔，奥丁的儿子，空出的宝座和添置的床榻都是为他所准备。现在让我回到与死者相伴的沉眠中去吧。”

然而，奥丁看得更为深远，他再次向渥尔娃发问。“那么是谁，”他大声喊道，“谁会昂首挺立，不为巴德尔的死哀悼？告诉我，渥尔娃，女预言家！”

“你确实很有远见，但没办法看得真切。哦，你就是奥丁吧。我能够看得真切，却不像你那般有远见。好了，我是时候回去睡觉了。”

“渥尔娃，女预言家！”奥丁再次喊道。

然而，尸堆里只是传出一个声音：“你无法再唤醒我，除非穆斯贝尔海姆的火焰烧到我头上。”

这一片属于死者的领地再次归于沉寂。奥丁掉转神马斯莱普尼尔，在黑暗和寂静中骑行了整整四天，才回到阿斯加德。

弗丽嘉对奥丁的忧惧感同身受。她看向巴德尔，发现海拉的阴影正挡在她和儿子中间。但随后，弗丽嘉听见和平之殿传来鸟儿的欢唱。她有理由相信，九界之中没有谁愿意伤害巴德尔。

为了得到保证，也为了让自己安心，弗丽嘉走访了可能伤害到巴德尔的万物生灵，并要求他们发誓，决不会伤害受人爱戴的巴德尔。火和水，铁和所有的金属，土、石和大树，鸟、兽和昆虫，毒药和疾病，都向弗丽嘉做出了保证。它们爽快地答应下来，说自己决不会伤害巴德尔。

弗丽嘉回到阿斯加德时，告诉诸神她已经得到万物的担保。巴德尔不会受到伤害。因此，笼罩阿斯加德的阴云也随之消散了。海拉或许在黑暗的宫殿中为他留出一个位置，但火和水，铁和所有的金属，土、石和大树，鸟、兽和昆虫，毒药和疾病，没有一个会成为海拉的帮凶。“失去双臂的海拉无法将你拥入怀中。”阿萨和华纳诸神对巴德尔喊道。

诸神重拾希望，并通过游戏来为巴德尔庆祝。他们让巴德尔站在和平之殿中央，朝他投掷那些发誓不会伤害他的物件。无论是使劲扔出的战斧，还是投石器中投出的石头；无论是燃烧的火把，还是汹涌的洪水，都无法伤害到受人爱戴的巴德尔。矮人和一些友善的巨人也参与到这个游戏中来。阿萨和华纳诸神看到这些东西从毫发无伤的巴德尔身上落下，便心满意足地笑了起来。

然而，心怀怨恨的洛基也混进人群，在远处观望。他看到各种物品和武器被投掷出去，砸在巴德尔身上。无论是金属、石头，还是参天大树，他都微笑以对。洛基对眼前这一幕感到惊讶，但是他不好向认识他的人打听这件事。

洛基化身为一名老妇，走到那些与巴德尔玩游戏的人中间。他向矮人和友善的巨人发问，可得到的回答只有一句：“去问弗丽嘉，去问弗丽嘉。”

于是，洛基来到弗丽嘉的宫殿芬撒里尔。他告诉宫殿里的人，说他是女巫格萝亚，就是“她”取出了索尔与巨人战斗时扎进脑袋的磨石碎片。弗丽嘉对此有所耳闻，便称赞了老妇的所作所为。

“我借咒语之力取出了索尔脑中的石块，”假冒的格萝亚说，“索尔曾将我的丈夫放逐到世界尽头，可如今出于感激之情，又将他送回到我的身边。我见到丈夫的时候高兴过了头，忘记了剩下的咒语，所以索尔脑袋里还留了一些石头碎片。”

洛基的身份是假，讲的故事倒是真的。“我现在记起了剩下的咒语，”他说，“能够把残存的石头碎片取出来了。哦，王后，顺便问一句，阿萨和华纳诸神围着巴德尔是在做什么了不起的事呢？”

“你还不知道吧，”弗丽嘉亲切而友好地看着这个假扮的老妇人说，“他们在向我心爱的儿子巴德尔投掷各种重物和危险之物。阿斯加德诸神都在为此喝彩，因为金属、石头和参天大树都无法伤他分毫。”

“为什么这些东西伤不了他呢？”假冒的女巫问道。

“因为我让所有对巴德尔可能造成威胁的人和物发过誓，让他们保证决不会伤害巴德尔。”弗丽嘉说。

“王后，所有的人和物？您确定世间万物都已经发誓不会伤害巴德尔了吗？”

“好吧，其实有一样东西没发过誓。但那东西又弱又小，我想都没想就从它旁边走过去了。”

“王后，那会是什么呢？”

“槲寄生——它不生根，也没有力量。它生长在瓦尔哈拉东面，我从它边上走过去，都没想着叫它发誓。”

“您会忽视它也情有可原。毕竟槲寄生——连根都没有的槲寄生——能对光明之神巴德尔造成什么伤害呢？”

冒牌女巫嘴里一边念叨着，一边跛着脚离开了。

但这个老太婆没有瘸多久，就改变步态，急匆匆地往瓦尔哈拉东面赶去。那里生长着一棵巨大繁茂的橡树，它伸出的树枝上长出了一小丛槲寄生。洛基折下那截树枝，拿在手上，回到了阿萨和华纳诸神与巴德尔进行游戏的地方。

洛基走近时，所有人都笑得很开心，因为不管是巨人、矮人，还是阿萨女神和华纳女神，都在朝巴德尔抛去各式物件。巨人扔得太远了，矮人扔得太近了，阿萨女神和华纳女神则把东西扔得到处都是。若是有人在这喧闹的氛围中显得闷闷不乐，那一定是件怪事，但有一个人确实如此，他便是巴德尔的盲眼兄弟，阿萨神族的霍德尔。

“你怎么不跟他们一起玩儿？”洛基和他说话时改变了自己的声音。

“我没东西扔他。”霍德尔说。

“拿这个，朝他扔，”洛基说，“这是一小条长着槲寄生的嫩枝。”

“我看不见，没办法扔。”霍德尔说。

“我手把手教你。”说着，洛基把长着槲寄生的嫩枝塞到霍德尔手中，托着他的手投了出去。嫩枝向巴德尔飞去。它打在巴德尔的胸膛，刺穿了他的身体。巴德尔发出一声低沉的呻吟，痛苦地倒在地上。

阿萨和华纳诸神、矮人和友善的巨人们都呆立在原地，他们感到困惑和恐惧，但更多的是难以置信。洛基偷偷溜走了。投出槲寄生的霍德尔则静静地站着，盲眼的他不知道自己扔出的东西已夺走了巴德尔的生命。

和平之殿传出一阵哀号。那是阿萨和华纳女神在哭泣。巴德尔死了，众神开始为他哀悼。在他们为巴德尔——阿斯加德的至爱——默哀的时候，奥丁来到他们身边。

奥丁和弗丽嘉俯下身子，看着他们心爱儿子的尸体。“海拉从我们这儿夺走了巴德尔。”奥丁无奈地对妻子说。

“不，这不是真的。”弗丽嘉说。

阿萨和华纳诸神逐渐回过神来，巴德尔的母亲来到众神中间。“你们当中有谁想赢得我的善意和尊重？”她问道，“谁愿意骑马下到海拉的黑暗国度，向冥界女王赎回巴德尔？她或许会收下赎金，让巴德尔回到我们身边。你们当中有谁愿意去吗？奥丁的坐骑已经备好，随时可以出发。”

迅捷的赫尔莫德[1]走上前来，他是巴德尔的兄弟。他跨上八足神马斯莱普尼尔，径直往海拉的黑暗国度赶去。

赫尔莫德骑了九天九夜。他在崎岖的峡谷中穿行，它们一条比一条更为幽深黑暗。他来到一条名叫吉欧尔的河流边，河上横着一座闪着金光的桥。一位面色苍白的少女拦住赫尔莫德，她正是这座桥的看守者。

“你身上还有生命的气息，”面色苍白的少女莫德古德说，“为什么要来到海拉的死亡国度？”

---

1 神使，奥丁之子。

“我是赫尔莫德，”他说，“我要去见海拉，问她是否愿意收下换回巴德尔的赎金。”

“海拉的住所阴森可怖，凭你一人怕是寸步难行，”莫德古德说，“宫殿四周是陡峭的高墙，即使是你的战马也难以跨越。那座宫殿以悬崖为门槛，以饥饿为餐桌，以悲伤为床榻，以灼烧般的痛苦织成屋内的幔帐。”

“说不定，海拉会同意用赎金交换巴德尔。”

“如果世间万物都为巴德尔哀悼的话，那海拉就不得不收下赎金，放巴德尔回去。”守护着闪光之桥的苍白少女莫德古德说道。

“好，让万物为巴德尔哀悼并非难事。我这就去让海拉收下赎金。”

“你必须保证世间万物都会为巴德尔哀悼，否则你不能过桥。你先回去确认一下。如果你能重新回到这座闪光之桥，告诉我万物都在为巴德尔哀悼，我就让你过去。到时候，海拉也不得不答应你的要求。”

“我会回来的，而你，苍白少女莫德古德，将不得不放我通行。”

“到了那时，我便不会再阻拦你。”莫德古德说。

赫尔莫德兴高采烈地掉转马头，骑着斯莱普尼尔往回走。他再次穿过崎岖的峡谷，眼前却绽放出一片光明。他来到上层世界，看到万物都在为巴德尔哀悼。赫尔莫德欢快地策马向前。他在中庭世界遇见了华纳诸神，并把这个好消息告诉了他们。

赫尔莫德和华纳诸神在世间穿行，造访万物，发现它们都在为巴德尔哭泣。然而有一天，赫尔莫德撞见一只乌鸦，它栖息在一棵树的枯枝上。当他走近时，那只乌鸦没有发出哀号。乌鸦起身飞走，赫尔莫德紧随其后，想确保它会为巴德尔哀悼。

他跟到一个洞穴附近就再也看不见乌鸦的身影了。随后他在山洞前，看到一个满嘴黑牙的老太婆，从她尖利的嗓音里听不出一丝悲痛。“如果你是那只飞来此处的乌鸦，”赫尔莫德说，“请你为巴德尔哀悼。”

“我，萨克特，决不会为巴德尔哀悼，”老太婆说，“就让海拉把他留在冥界吧。”

“世间万物都在为巴德尔哭泣。”赫尔莫德说。

“我也哭了，只不过眼泪是干的罢了。”老太婆说。

她一瘸一拐地走进山洞。赫尔莫德正准备追进去，却看到一只乌鸦振翅而出。他看出这只乌鸦就是由那邪恶的老太婆所变。赫尔莫德跟在乌鸦后面，只听她边飞边喊：“让海拉把他留在冥界，让海拉把他留在冥界。”

赫尔莫德明白过来，他没必要再去海拉的宫殿了。万物都已知晓，世间有一物不会为巴德尔哀悼。华纳诸神回到赫尔莫德身边。他骑在斯莱普尼尔身上，垂头丧气地回到了阿斯加德。

此时，阿萨和华纳诸神已经知道，海拉既不会收下赎金，也不会放过巴德尔。阿斯加德欢乐祥和的氛围也不复存在。诸神开始为巴德尔举行火葬。首先，他们在巴德尔身上盖了一件华丽的长袍，并在长袍两边摆上各自最为珍贵的宝物。随后，他们纷纷亲吻巴德尔的额头，与他道别。然而，巴德尔温柔的妻子南娜，猛地扑倒在死者胸前。她的心碎了，悲伤夺走了她的性命。阿萨和华纳诸神再次失声痛哭。他们抬起南娜的遗体，让她与巴德尔并肩而卧。

巴德尔的遗体被安置在他的巨船灵舡之上，妻子南娜陪在他身边。船将要下水，一切都将埋葬于火焰中。

然而，阿萨和华纳神族发现，他们当中没有人拖得动巴德尔的巨船。他们派人请来女巨人希尔罗金。她骑着一匹巨狼赶到阿斯加德，手中盘绕的缰绳竟是一条活蛇。当她从狼身上跳下来时，需要四个巨人才能拽住这匹狼。希尔罗金来到船边，只轻轻一推，就把船送入了大海。巨船划破海面，在船尾留下一道火焰的痕迹。

船在海上滑行，火在船上升起。在熊熊的烈火中，有人俯身来到巴德尔的遗体上方，在他耳边低语。那人是众神之父奥丁。当奥丁离开灵舡之时，火焰迅速升腾，将这艘巨船彻底吞噬。阿萨和华纳诸神一言不发，眼泪顺着他们的脸庞流淌下来。世间万物忍不住哭喊道："俊美的巴德尔死了，死了。"

当灵舡上的火焰仍在燃烧，众神之父奥丁俯身在巴德尔上方时，他对巴德尔轻声说了些什么呢？他说的是在阿斯加德之上还有一个天堂，在那里，苏尔特尔的火焰永远无法到达。奥丁还说，当神界和人间被烈火焚毁后，生命之美会再度绽放它的光彩。

第七章
洛基受罚

乌鸦朝北飞去，一边飞一边放声叫道："让海拉把他留在冥界，让海拉把他留在冥界。"乌鸦是女巫萨克特所变，而萨克特正是洛基本人。

洛基继续往北飞，来到约顿海姆的一处废墟。他化身为乌鸦生活在此地，以躲避诸神的怒火。他告诉巨人族，建造纳吉尔法的时机已经成熟。纳吉尔法由死人的指甲拼接而成，并将于诸神的黄昏，由巨人希密尔掌舵，对阿斯加德发起进攻。巨人们听了洛基的话，当即开始打造纳吉尔法——这艘诸神和人类都不愿它早日建成的冥界之船。

后来，洛基厌倦了废墟的生活，便往南方的真火之国飞去。他化身为一只蜥蜴，住在穆斯贝尔海姆的乱石堆中。当洛基告诉火巨人，弗雷失去神剑，提尔失去右手时，他们无不欢呼雀跃。

然而，在阿斯加德，仍然有一个人为洛基哭泣，那就是他的妻子西格恩。尽管洛基早已弃她而去，还表示了对她的嫌恶，但西格恩还是在为她邪恶的丈夫落泪。

像之前离开约顿海姆一样，洛基又离开了穆斯贝尔海姆，这次他来到了人类的世界。洛基知道，在这个地方极有可能被愤怒的诸神发现，所以他做好了随时出逃的准备。洛基来到一条河边，多年以前，他正是在这里杀死了水獭，也就是赫瑞德玛的儿子。洛基在水獭吃鲑鱼的那块石头上建起了自己的房子。他为房子开了四扇门，以便观察外面的情况。他身上的法力还能让自己随时变成一条鲑鱼。

洛基经常变作鲑鱼在河中游走，但即便是与他同游的鱼儿，他也一样恨之入骨。他用亚麻和纱线织了一张网，这样人类就有办法将它们捕捞上岸了。

诸神对洛基的愤怒并未消散。是他，化身女巫萨克特，让海拉在这场博弈中占据上风，得以拒绝阿萨诸神赎回巴德尔的请求；是他，将那一小株槲寄生交到霍德尔手中，夺走了光明之神巴德尔的生命。和平之殿再也不见巴德尔的身影，阿斯加德自此变得死气沉沉。一想到那些可怕的灾难即将降临，阿萨和华纳诸神内心的担忧和恐惧便与日俱增。奥丁在瓦尔哈拉思考，该如何召集更多英灵战士，为保卫阿斯加德助一臂之力。

诸神在人间四处搜寻，终于找到了洛基的藏身之所。当时，洛基正在织网，打算下河捕鱼，突然看见诸神从四面八方包围过来。他当即把网扔进火里，看它烧成灰烬，然后迅速跳入河中，把自己变成了一条鲑鱼。当诸神来到洛基的住处时，只找到了已经熄灭的火堆。

然而，诸神中有一人能够识破眼前的假象。他在灰烬中看到一截网线，便知道是某种捕鱼的工具。照着火堆中留下的痕迹，他也编织了一张渔网，和洛基之前烧毁的网一模一样。

诸神拿着渔网顺流而下，在水中四处拖拽。洛基惊恐地发现，他亲手编织的渔网竟然成了对付他自己的武器。他躲在河底的两块石头中间，网线从他头上掠过。

然而，诸神能感觉到渔网碰到了河底的什么东西。他们给渔网系上重物，重新抛入河中。洛基知道自己这回在劫难逃了，于是主动上浮，往大海游去。当他跃过瀑布时，众神发现了他的身影。他们拖着渔网跟在洛基身后。索尔也蹚水在后，只要洛基掉头就能一把将他捉住。

洛基在河口探出水面，瞧！一只雄鹰盘旋在大海的波涛之上，准备随时扑向水里的鱼群。洛基只得往回游去。他纵身一跃，跃过了诸神铺开的渔网。但是网的后面还有一个索尔。他用有力的双手抓住鲑鱼，无论洛基作何反抗，他都死死地握住他不放。从来没有哪条鱼像这样挣扎过。洛基扭动身躯，快要挣脱出去，只剩尾巴还攥在索尔手中。索尔拽住他的尾巴，把他拖到岩石中间，迫使他恢复了原来的样子。

洛基落到了满腔怒火的诸神手中。他们将洛基带到一个山洞，把他的手脚固定在三块锋利的岩石上。他们用狼筋做成的绳索将他捆住，又施法将绳索变成了铁箍。他们本可以让洛基在山洞里自生自灭。但是斯卡蒂，她体内仍流淌着巨人残忍的血液，却不打算这么轻易放过他。她找来一条含有致命毒液的巨蛇，将它悬在洛基头顶上方。蛇的毒液淌落在洛基身上，每一滴、每一秒都会给他带来痛苦。洛基不得不咬牙忍受这般折磨。

然而，心怀怜悯的西格恩希望帮丈夫减轻痛苦。她独自一人离开阿斯加德，自我放逐到这个山洞之中，她忍受着黑暗与寒冷，只为让丈夫少受一些折磨。西格恩站在洛基身旁，双手将一个杯子捧至洛基头顶上方，用以接住蛇的毒液，使他不必承受所有的苦难。但毒液在杯中不断积累，西格恩不时得离开，将杯中盛满的毒液倒掉。这时，新鲜的毒液就会滴到洛基身上。他痛苦地呐喊，在锁链和镣铐中挣扎着扭动身体。每当这个时候，人们就会感觉到大地在颤动。洛基被囚禁在山洞中，直至诸神黄昏的到来。

第四卷

伏尔松格之剑与诸神的黄昏

第一章
年轻气盛的西格德

在米德加尔德北部有一个王国，那里的统治者名为阿尔弗。他待人和善且富有智慧，宫殿中还育有一个养子，名叫西格德。

西格德强壮而无畏。他天不怕地不怕，小时候便去森林里捕过野熊，还一路把熊赶进了国王的宫殿。西格德的母亲叫希奥尔迪丝。很久以前，在西格德还未出生的时候，身为王子的阿尔弗曾和他的父王横渡大洋，前往另一个国家探险。他们还未踏上国土，便听见一阵喧嚣。他们随即赶到喧嚣处，却不见活人的踪影，只能看见成堆的尸首。其中一位战士的遗体令他们印象颇深：那是一位白须长者，阿尔弗和他的父亲从未见过如此尊贵的面容。从他使用的武器可以看出，他是其中一支战队的国王。

阿尔弗和他的父亲穿过森林，寻找这场战役的幸存者。他们在山谷中，发现了两个藏身于此的妇人。其中一人身材高挑，长着一头红发，湛蓝色的眼眸里透着坚定的目光，但身上却穿着仆人的衣服。另一人披着王后的华袍，但身材矮小，畏首畏尾，总是顾左右而言他。

见阿尔弗和他的父亲朝自己走来，这身王后打扮的妇人开口说道："救救我们，大人，求你保护我们。你要是答应，我们便告诉你宝物藏在何处。莱格尼国王和西格蒙德国王之间打了一场恶仗，莱格尼国王得胜离开了战场，西格蒙德国王则被杀害。我们是他的家眷，是我们将他的财宝藏了起来，我们可以带二位去藏宝的地方。"

"那位仰躺在战场上，面容尊贵、白发银须的战士，就是国王西格蒙德吗？"

妇人回答说："没错，大人，我就是他的王后。"

"我们听说过西格蒙德国王的光辉事迹，"阿尔弗的父亲说，"他的名声传遍天下，他所属的家族——伏尔松格也在世界上享有盛誉。"

阿尔弗没有与两位妇人说话，而是将目光停留在那个女仆身上。只见她跪在地上，正将一把折断的宝剑裹进一张兽皮里。

"诸位大人，请一定要保护我们。"身穿王后长袍的妇人恳求道。

"当然，西格蒙德的妻子，"阿尔弗的父王说，"我们会保护好您和您的女仆。"

于是，两位妇人把战士们带到一片蛮荒之地，并告诉他们西格蒙德国王的宝物就藏在乱石之间：那里有金杯、巨大的臂环，以及饰有宝石的项圈。阿尔弗王子和他的父王将财宝搬上船后，就带着两个妇人上了船。他们一同起航，离开了那片土地。

这一切都发生在阿尔弗国王的养子西格德出生以前。

阿尔弗的母亲是个睿智的女人，几乎什么都逃不过她的眼睛。她看到儿子和丈夫带回来两个妇人：一身女仆装扮的人目光坚定，相貌动人，而披着王后长袍的人却缩手缩脚，气质全无。一天晚上，当王室的所有女人都围坐在宫廷中，借着火把的光亮纺线时，王后借机向那个披着华袍的女人问道："我看您起得很早。您怎么知道漆黑的夜晚会在何时迎来黎明？"

披着王后长袍的人答道："我小时候，总是得早起给牛挤奶，久而久之就习惯了。"

王后自言自语道："真是一个奇怪的国度，王后小时候竟然要早起挤牛奶。"

接着，王后又对女仆装束的妇人说："你又是如何在天黑的时候知晓黎明的到来？"

妇人说道："我的父亲给了我一枚金戒指，我将它戴在手上，快要起床的时候，戒指会微微发凉。"

王后又自言自语道："真是一个奇怪的国度，女仆竟然有金戒指戴。"

当其他人全都退下后，王后又转向这两位异乡的来客。她对一身女仆装扮的妇人说："您才是王后吧。"

话音刚落，那个身穿华袍的妇人便争着说："您说得对，夫人。她才是王后，我再也假装不下去了。"

接着，另一个妇人也开口说道："正如您所说，我就是王后，战死沙场的国王西格蒙德正是我的丈夫。我之所以与侍女交换服饰，是因为另一个国王正在搜寻我的下落。我只是想掩人耳目，不让他派来的人将我抓走。

“我名叫希奥尔迪丝，也是一位国王的女儿。许多人来到我们的国家，找我的父王提亲，其中当属两位国王最有声望：一位是国王莱格尼，另一位便是来自伏尔松格家族的国王西格蒙德。我的父亲告诉我，要在两者之间做出选择。如今西格蒙德国王已入迟暮，可在当年，他是这世间最负盛名的战士。所以当时我选择了他，而不是莱格尼国王。

“我虽然嫁给了西格蒙德国王，但莱格尼国王却并未打消对我的执念。婚后不久，他便率领大军向西格蒙德国王发起进攻。我和女仆将财宝藏在海边后，就躲到森林外围目睹了整场战役的经过。西格蒙德本可以借助于圣剑格拉墨之力，再凭借自身的力量击退来袭的敌军。可突然间，他被一股力量击倒在地，我们就这样输掉了战斗。只有莱格尼国王的人活了下来，他们正四处搜寻我和西格蒙德国王宝藏的下落。

“我回到战场去寻找我的丈夫。当我走近时，他倚靠盾牌撑起身子，说自己不久便会离开人世，而且他还告诉我，在莱格尼国王的军队撤退之际，一个来路不明的人闯进了战场。他挥舞手中的长矛，将西格蒙德的圣剑格拉墨劈成了两半。西格蒙德国王也因此受到了致命一击。‘天要我亡，不得不亡，’他说，‘折断我手中圣剑的正是奥丁的长矛贡尼尔。只有那柄长矛才能击碎奥丁赐予我父亲的圣剑。现在，我将前往瓦尔哈拉，成为英灵战士的一员。’

“‘我好难过，’我对西格蒙德说，‘我没能将伏尔松格的血脉延续下去。’

“‘你不必为此哭泣，’西格蒙德说，‘你会生下一个儿子，那是你我的骨肉，你要给他取名为西格德。把圣剑的碎片带在身

上，等我的儿子长大成为勇士之后，你就把碎片交给他。’

“接着，西格蒙德伏在地上，与死亡进行最后的搏斗。奥丁的女武神瓦尔基里从战场上带走了他的灵魂。我拾起断剑的残片，和侍女一起躲进了森林里的深谷。后来，您的丈夫和儿子发现了我们，把我们带回了国。哦，王后，我们在这里也受到了热情的接待。”

这就是西格蒙德的妻子希奥尔迪丝，对阿尔弗王子的母亲讲述的往事。

不久之后，希奥尔迪丝便生下西格蒙德的儿子，并为他取名西格德。在西格德出生后，老国王寿终正寝，于是阿尔弗继任成为新的国王。随后，阿尔弗迎娶希奥尔迪丝，这位生着一头红发、高贵冷艳的美人。新任国王让她的儿子西格德住在宫殿中，并把他收作养子，将其抚养成人。

西格蒙德的儿子西格德在长到成为勇士的年纪以前，便因其力量、敏捷和勇气为世人所知晓。“西格德来自一个伟大的家族——伏尔松格，”人们说，“他本人的实力不输给他的任何一位先辈。”他在森林中为自己盖了一间小屋，这样他既可以捕猎野兽，又可以与传授他各种技艺的匠人为邻。

此人便是雷金，他是一名铸剑师，同时也是一个精明狡猾的人。据说，雷金是一名巫师，早在人类诞生以前，他就居住在这个世界上。没有人记得，也没有任何人的父亲记得，雷金是在何时来到这个国家的。他不仅向西格德传授冶金的技术，还跟他讲述过去的知识。然而，雷金在授课时总是会用一种奇怪的眼神打量西格德。那不是望向同伴的眼神，倒更像一只山猫在注视比自己强大的野兽。

一天，雷金对年轻的西格德说："人们都说，阿尔弗国王把你父亲的财宝据为己有，可他却把你当奴隶的孩子一样对待。"

西格德明白，雷金这么说是为了激怒自己，好让自己从此以后为他所用。于是，西格德回应道："阿尔弗国王是一个明智且仁慈的君主，只要我提出要求，他一定不会吝惜自己的财富。"

"我看你像是个跟班，而不是王子。"

"只要我高兴，随时可以弄匹马来骑。"西格德说道。

"你高兴就好。"说罢，雷金转身离开，回到铁匠铺里扇火去了。

这下可惹恼了西格德。他扔下手里正在锻造的铁器，往大河边的马厩跑去。那里有一大群马，黑马、灰马、栗色马和杂色马，应有尽有，而且品相极佳，都是阿尔弗国王最精良的马匹。当他来到马群的放牧地时，发现附近有一个陌生人，那人年纪虽大，身体却很强壮。他穿着一件奇异的蓝色斗篷，倚靠在拐杖上注视着马群。西格德虽然年轻，但他已经在宫中见过不少国家的领袖。然而眼前这位老人，举手投足间却比任何一位国王还要高贵。

"你是来这儿挑马的吧？"陌生人对西格德说。

"是的，老人家。"西格德说。

"你先把这群马赶到河里去。"陌生人说。

西格德把马群赶进了宽阔的大河。有的被水冲走了，有的挣扎着游回岸边。但是有一匹马却游到了对岸，它仰首嘶鸣，仿佛在庆祝自己的胜利。西格德记住了那匹马：那是一匹灰色的马，鬃毛油亮顺滑，不仅年轻力壮，而且矫健俊美。西格德游过河去，牵住了那匹马，随后骑上马背，策着它渡河回到原地。

“你做得很好，”陌生人说，“你骑的这匹马叫格拉尼，它是奥丁的坐骑斯莱普尼尔的后代。”

“我是奥丁之子的后代，”西格德高声嚷道，他睁大的双眼如太阳一般闪耀着光辉，“奥丁是我们家族的先辈，因为我的父亲是西格蒙德，祖父是伏尔松格，曾祖父是利里尔，而我的太祖父就是奥丁之子西吉。”

陌生人倚着手杖，目不转睛地望着眼前这个年轻小伙。虽然他只露出了一只眼睛，但西格德觉得，那只眼睛透出的目光，仿佛可以穿透一块石头。“你所提到的名字，”陌生人说，“都已经成为奥丁手中的利剑，成了瓦尔哈拉的英灵战士。他们被奥丁的女武神瓦尔基里选中，并会在不久的将来，为保卫阿斯加德而战。”

西格德大声喊道：“为了守护阿斯加德，奥丁已经从凡间夺走了太多英勇、高贵的灵魂。”

陌生人倚着手杖，低下脑袋。“你会怎么做？”他喃喃自语，好像不是在对西格德说话，“你会怎么做呢？世界之树落叶枯萎之际，便是诸神的黄昏来临之时。”接着老人抬起头，对西格德说，“那一天也快到了，你将亲手接过你父亲断剑的残片。”

说完这些后，身穿奇异蓝色斗篷的陌生人爬上山坡，西格德一边拉紧缰绳，不让骏马格拉尼跑动，一边目送老人离开自己的视线。随后，他忽地掉转马头，任格拉尼如风一般在河岸上疾驰。

第二章

圣剑格拉墨和巨龙法夫纳

西格德骑上他引以为傲的坐骑格拉尼，往宫殿疾驰而去，他想让阿尔弗国王和他的母亲希奥尔迪丝看看他现在的样子。西格德站在大殿门前，高声呼喊伏尔松格的名号。阿尔弗国王见到年轻的西格德，觉得二十名勇士都不是他的对手，母亲希奥尔迪丝则看到了他眼中的蓝色火焰。她心想，当西格德闯荡世界之时，将如雄鹰一般划破长空。

西格德来到大殿之上，飞身跃下马背。他用手轻抚爱马，示意它可以回去和伙伴们一同吃草了。骄傲的马儿亲昵地朝西格德喷了喷鼻息，然后跃着步子跑开了。

接着，西格德也迈出大殿，朝森林里的小屋走去，那是他和精明的铁匠雷金一起工作的地方。他进去的时候，小屋里空无一人。但是在铁砧上，锻造炉的冉冉浓烟之中，他发现了一件由雷金亲手打造的器物。西格德看着它，心中不由得感到厌恶。

雷金打造的器物是一面盾牌，一面巨大的铁制护盾。盾面上刻有一条红棕相间的巨龙，正把身体探出洞穴。西格德觉得那是世界上最令人憎恶的图案。铁匠铺中火光四射，烟雾缭绕，好似一头巨龙正从火焰和瘴气中诞生。

当他还在凝视这令人憎恶的巨龙图案时，狡猾的铁匠雷金走了进来。他站在墙边，观察着西格德的一举一动。雷金弯下腰，披散的头发遮住了火红的眼睛，看起来就像一头在篱墙后奔跑的野兽。

“没错，伏尔松格的后裔，你所看到的正是巨龙法夫纳，”雷金对西格德说，“但愿有一天，你能亲手夺它性命。”

“我可不会招惹这样一个怪物，”西格德说，“它实在太可怕了。”

“只要有把好剑，你就能宰了这条巨龙，为自己赢得荣耀，赢得你祖辈都未曾享有的荣光。”雷金低语道。

“我会和先辈们一样，在厮杀和征战中为自己赢得声望。”西格德说。

“看来你不是真正的伏尔松格后裔，不然就算是最危险、最可怖的地方，你也会欣然前往，”雷金说，“你应该听过巨龙法夫纳的传说，我在盾牌上刻的正是它的形象。只要你骑马登上山巅，就能看到法夫纳所霸占的那片荒原。你可知那片荒原曾经美如仙境，人们在那里过着安稳富足的生活。可是巨龙强势入侵，在附近筑穴为巢，当它在河流间往返时，呼出的瘴气让万物凋零，肥沃的土壤竟成了不毛之地。正是为此，人们将它命名为格尼塔荒原。如果你真是伏尔松格的后裔，现在就该去斩杀巨龙，让那片土地复归于美好，再让人们重返故土，安居乐业，如此便能扩大阿尔弗国王的领地范围。”

“我对屠龙不感兴趣，”西格德说，“我要向莱格尼国王宣战，为我的父亲西格蒙德报仇雪恨。”

“杀死莱格尼，征服他的国家，怎么能和杀死巨龙法夫纳相提并论？”雷金大声嚷道，“我可以告诉你一个关于法夫纳的秘密，这个秘密除了我，没有第二个人知道。法夫纳看守着一大堆黄金和珠宝，都是从未有人见过的稀世珍宝。你要是能杀了它，这些财宝可就是你的了。”

“我不是个贪财的人。”西格德说。

“世上没有任何宝物比得上法夫纳所看守的财宝。那是矮人安德瓦利在创世之初便拥有的宝藏，是诸神当年付给赫瑞德玛的赎金。你若是夺得了宝藏，便与诸神的一员相差无几了。”

“雷金，这些事你是从何得知的？”西格德问道。

“我就是知道，至于怎么知道的，我以后再跟你说。”

“那我到时再洗耳恭听，现在就别跟我说什么龙的事了。我想让你铸一柄剑，一柄比世界上任何剑都更为锋利、更为强韧的宝剑。你能做到吧？雷金，你可是大家公认的最强铸剑师。”

雷金用他那双透着狡黠目光的小眼睛看向西格德，觉得有必要先让他忙活起来。于是，他取出几个分量最沉的铁块，将它们投入炉中，还拿出一套神秘的工具，这些工具只有在打造神器时才会使用。

西格德在雷金身边干了一整天的活儿。他一直让炉火保持最旺的燃烧状态，并在剑刃快要成型时，往上浇水使其冷却。在工作时，他满脑子想的都是这柄剑，还有如何与莱格尼国王开战，为他那未曾见过面的父亲报仇雪恨。

白天时，西格德惦记着如何铸剑并发动战争。可到了晚上，出现在他梦里的不是战争，也不是正在锻造的利剑，而是巨龙法夫纳。西格德看见了那片受龙息摧残的荒原，看见了巨龙筑巢的洞穴，还看见它从洞里缓缓爬出的身影。巨龙身上的鳞片像锁甲的铁环一样闪闪发亮；它体形庞大，犹如一支行进中的军队。

第二天，他与雷金合力铸成这把宝剑。狡猾的雷金费尽心机，让西格德误以为这是一把货真价实的宝剑。接着，雷金继续研磨剑锋，西格德则将它打磨光亮。最后，西格德手握铁柄，举起了这把大剑。

西格德拿起那面刻有巨龙法夫纳图案的盾牌，把它放在铁匠铺的铁砧上。他双手紧握大剑，对着盾牌全力砍了下去。

这一剑虽然砍掉了一部分护盾，可剑身却在西格德手中折断。他愤怒地转向雷金，大声喊道："你这把是懦夫用的剑。再来！你必须打造出一把配得上伏尔松格家族之名的宝剑！"

说罢，西格德便出门唤来他的坐骑格拉尼。他翻身上马，如风一般飞驰而去。

雷金拿来更多铁块，开始重新铸剑。他一边冶铁，一边念诵卢恩符文，内容与巨龙法夫纳所看守的那些宝藏有关。那天晚上，西格德梦见了巨龙的宝藏，那是堆积成山的金子和闪闪发光的珠宝，尽管他从未觊觎过这堆财宝。

第三天，他帮助雷金，两人合力打造了一把比之前更为强大的宝剑。他们花了三天时间铸造这把剑。最后，雷金交到西格德手中的是一柄锋利光亮的长剑，剑身似乎更为强韧，外观也更为华丽。西格德再一次将刻有巨龙图案的盾牌放到铁砧上。他扬起手臂，使劲砍了下去。长剑刺穿盾牌，可当它触及铁砧时，又在西格德手中断成碎片。

西格德见状，气得扭头就离开了铁匠铺。他唤来引以为傲的坐骑格拉尼，再次跨上马背，如风一般飞驰而去。

西格德来到凉亭下，见到了母亲希奥尔迪丝。“我必须打造出一把更好的剑，”他说，“泥土中掘出的金属造不出好剑。母亲，现在是时候了，你必须把格拉墨的断剑残片交给我，那是父亲西格蒙德的宝剑，是真正的伏尔松格之剑。”

希奥尔迪丝上下打量着他，发现儿子已经长大，身体也越发强壮，足以成为西格蒙德那把伏尔松格之剑的使用者。她让西格德随她来到国王的宫殿。希奥尔迪丝从密室的石箱中取出了由兽皮包裹的宝剑碎片。她把碎片交到儿子手中。“看哪，这就是格拉墨的残剑碎片，”她说，“奥丁曾亲手将这把威力无比的圣剑留在布兰斯托克中，那是一棵生长在伏尔松格大殿上的巨橡树。我的儿子，我希望格拉墨在你手中重放光彩。”

随后，她以一种从未有过的方式拥抱了西格德。她站在那里，一头红发披散下来，向儿子讲述了格拉墨昔日的光辉以及先辈们的英雄事迹，这把剑曾在他们手中大显神威。

西格德回到铁匠铺，叫醒了睡梦中的雷金，让他看看西格蒙德那闪着熠熠辉光的残剑碎片。他要求雷金用这些碎片重新打造一把绝世好剑。

为此，雷金在铁匠铺忙活了好几天，西格德也一直寸步不离。终于，这柄剑铸好了。当西格德把它握在手中时，火焰正滑行于锋刃之上。

他再次将刻有巨龙图案的盾牌放到铁砧上。西格德握住铁柄，全力朝盾牌劈去。这一剑不仅刺穿了盾牌，还砍断了铁砧，甚至削掉了铁砧的尖角。西格德知道，他手里握的是货真价实的伏尔松格之剑。他走到门外，唤来格拉尼，再次如风一般飞驰至岸边。一些羊毛碎屑顺流而下。西格德挥剑朝水中的羊毛砍去，细软的羊毛登时就被利剑一劈为二。无论是坚硬之物，还是细碎之物，格拉墨都能在瞬间将它刺穿、斩断。

那天晚上，西格德便枕着伏尔松格之剑格拉墨入睡。但他的梦中，竟出现了白天未曾想过的画面：他从未觊觎过的宝藏发出耀眼的光芒；那头巨龙身上的鳞片也在黑暗中闪烁。

第三章

龙之血

西格德踏上战场，率领阿尔弗国王拨给他的人马，朝杀父仇人统治的国家进发。两军交战，即刻便分出了胜负，西格德不费吹灰之力便赢得了战役。莱格尼国王如今年事已高，对子民也不再有力管辖。西格德杀死了他，将他的财宝悉数收缴，并将他的领土收归到阿尔弗国王的名下。

然而，西格德并未因这场胜仗感到满足。他梦寐以求的酣战，以及名扬天下的愿望并未实现。他发动的这场战争和他父亲西格蒙德或伏尔松格先辈们发起的战争相比又算得了什么呢？西格德心有不甘。他率领士兵从山顶离开，在那山顶上能够望见巨龙出没的荒原。返程途中，西格德吩咐手下将赢得的战利品带回阿尔弗国王的宫殿。

将士们奉命离开后，西格德独自一人留在山上，从那里俯瞰巨龙巢穴所在的格尼塔荒原。在巨龙之息的灼烧下，一切都已被焚毁，一切都丧失了对生的渴望。他还看到巨龙法夫纳所栖身的洞穴，看到它游走之际留下的痕迹。每天，巨龙都会离开位于悬崖峭壁上的洞穴，穿过荒原去河边饮水。

太阳初升时，西格德便在山上观察巨龙的巢穴；夜幕降临时，他看到巨龙将身子探出洞外，循着每日的必经之路，穿行在荒原之上。它移动迅速，像一艘借助众桨之力前行的巨船。

然后，西格德回到雷金的铁匠铺。他对这个精明的男人说：“把你知道的关于巨龙法夫纳的一切都告诉我。”

雷金滔滔不绝地说了起来，可是他的话既古老又晦涩，还夹杂了许多卢恩符文。当他全部讲完后，西格德又说：“你得把刚才那番话，用我们现在的语言复述一遍。”

于是，雷金接着说：“我刚才讲的是关于宝藏的事。矮人安德瓦利从创世之初便守护着那堆财宝，那可是堆积如山的黄金和珠宝啊。但是有一位阿萨之神强迫安德瓦利交出宝藏，然后又把它转交给了我的父亲赫瑞德玛。

“阿萨神族杀死了我的兄弟欧特，因此把宝藏作为补偿，赔给了我的父亲赫瑞德玛。世上没有人见过体量如此庞大的宝藏。但是赫瑞德玛并没有高兴太久，因为他的另一个儿子杀死了他，并将宝藏据为己有。杀死他的那人名叫法夫纳，也就是我的兄弟。

“法夫纳不愿让任何人夺走他的宝藏，于是化身为一条巨龙，一条可怕到令人望而生畏的巨龙。至于我，雷金，也被自己的欲望折磨得痛苦不堪。虽然我没有变幻身形，但是通过研习父亲的法术，我设法延长了自己的寿命，可以活得比人类的世世代代还要长久。我只希望在有生之年能看到法夫纳被人杀死，这样宝藏便成了我的囊中之物。

“好了，伏尔松格的后裔，现在你已经知道了关于巨龙法夫纳的一切，包括它所守护的那堆宝藏。”

“我对宝藏没有半点儿兴趣，”西格德说，“我只知道那毒龙把国王的沃土变成了荒地，对人类的生存构成了威胁。我会杀死巨龙法夫纳，赢得属于我的荣耀。”

“只要有格拉墨，你手中那把圣剑，就能杀死法夫纳，”雷金高声喊道，他的身体因对宝藏的渴望而颤抖不已，“用你手里那把剑就能杀死它！听我的，我来告诉你，如何才能穿透它的层层鳞甲，给予它致命一击；听我的，我都给你计划好了。

“巨龙去往河边的路径一目了然，因为它从头到尾就走那一条路。你在路中间挖一个坑，然后躲进去，等法夫纳走到你正上方的时候，就用那把圣剑格拉墨，从下往上刺进它的鳞甲。只有格拉墨能刺穿它的鳞片。法夫纳若是丢了性命，那堆宝藏也就无人看守了。”

“雷金，你这主意不错，”西格德说，“我们先去挖个坑，再按你说的方法杀死法夫纳。”

于是，西格德骑上他引以为傲的坐骑格拉尼，前去会见阿尔弗国王和母亲希奥尔迪丝。之后，他和雷金一起来到巨龙出没的荒原。他们在巨龙的必经之地挖了一个坑，准备杀死法夫纳。

西格德让雷金把格拉尼牵走，以免它在巨龙到来时受惊嘶鸣。带格拉尼走的人是雷金。“伏尔松格的后裔，我这人胆子小，也帮不了你什么忙，”他说，“我先走一步，等着听你的好消息。”

雷金走后，西格德仰面躺在他们挖的坑中，双手握住强大的圣剑向上挥举起来，以此练习突刺的技巧。

然而，当他躺在那里的时候，突然想到一个可怕的场景：如果他这样躺着，巨龙的鲜血和毒液就会浇在他身上，将他的肉和骨头腐蚀殆尽。想到这里，西格德赶紧从坑里爬出来，在旁边又挖了一个坑。他在两个坑中间挖了一条通道，以便自己逃脱，不被巨龙的毒血淹没。

一切准备就绪后，西格德再次躺入坑中。这时，他听见了巨龙的脚步声以及它发出的奇异悲鸣。巨龙来时气势汹汹，西格德甚至能听见自己的呼吸声。巨龙的身形出现在坑洞之上。它伸出脑袋，居高临下地望着西格德。

这是他挥刺格拉墨的最佳时机。他把握住了这次机会。西格德用力挥剑，从巨龙的肩下刺了进去，直插心脏。剑刺穿了它坚硬而闪亮的鳞片，那是它身上的铠甲。西格德拔剑的同时，毒血倾泻而下，他立刻穿过通道，躲到了另一个坑里。

西格德从另一个坑中爬出，发现法夫纳庞大的身躯仍在不断起伏。他走上前去，一剑割断了它的喉咙。巨龙猛地跳起，似乎要扑向西格德，用它那残躯、利爪、焰气和毒血将他一并掩埋。但是西格德跳到一边，远远跑开了。法夫纳发出了垂死的哀号。只见它甩出龙爪，将面前的岩石撞得粉碎，随后便躺倒在地，头埋在了浸满毒液的土坑中。

雷金也听到法夫纳的吼叫声，知道它已经被杀死，于是欣然来到发生战斗的地方。当他看到西格德还活着而且毫发无伤时，不禁发出一声怒号。因为，他本打算让西格德被龙血掩埋，叫他尸骨无存。

但他掩饰住自己的愤怒，转而换上一副笑脸。“现在，你可要出名了，”雷金说，“从今往后，你将被人尊称为西格德——法夫纳的克星。哦，伏尔松格的王子，你将享有先辈们都未曾有过的殊荣。”

雷金对西格德说着好话，因为既然他还活着，就还有一定的利用价值。

“法夫纳已经死在我的剑下，”西格德说，“但这一战的胜利来之不易。我现在该去见阿尔弗国王和我的母亲了，法夫纳的宝藏对我来说是一笔可观的战利品。”

“等一下，”狡猾的雷金说，“等一下，我还有件事要麻烦你。用你的剑，剖开巨龙的尸体，帮我把它的心脏掏出来。等你掏出来后，就把它烤了，我想吃上一些，这样我就会变得比现在更有智慧了。我给你出了个屠龙的好点子，帮我这个忙不过分吧？”

西格德答应了雷金的请求。他掏出巨龙的心脏，把它穿在木棍上烤了起来。雷金抽身离开了他。当西格德站在火堆旁，往里添柴火时，森林里一片寂静。

他俯下身子，将一根灰白色的树枝插入火堆，可就在这时，烤炙的龙心上渗出一滴血，落到了他的手上。龙血灼伤了他的皮肤。为了缓解疼痛，他把手放到嘴边，用舌头舔去了被烤得滚烫的毒龙之血。

西格德离开火堆去搜集木柴。他来到一片空地，看见四只小鸟并排坐在树枝上。它们用鸟类的语言彼此交谈，西格德不仅听到了它们的对话，而且听懂了它们在说什么。

第一只鸟说：“这个闯进谷里的人，头脑实在太简单了！他根本想不到刚才陪在他身边、现在又离开的那个人，其实是他的敌人，还要拿长矛来杀他。”

第二只鸟说：“可不是吗，那人就是因为巨龙洞穴里的宝藏才动了杀心。”

第三只鸟说：“他要是自己把巨龙的心脏吃掉，就能得到世间所有的智慧。”

第四只鸟说：“他刚才尝了一滴龙血，能听懂我们在说什么。”

这四只鸟没有飞走，也没有中止谈话。相反，它们滔滔不绝地讲起了另一个神奇的居所。

鸟儿们唱道，在森林深处，有一座宫殿，被人称为“火焰之殿”。它一共有十道高墙，分别是尤尼、伊利、巴利、奥利、瓦恩斯、维格德拉希尔、德利、尤利、德林格、埃特瓦德。每一道墙都与建造它们的矮人工匠同名。没有人可以穿过墙外燃起的火焰。宫殿里有一位陷入沉睡的少女，她是世界上最聪明、最勇敢、最美丽的少女。

西格德站在那里，像着了魔一般听鸟儿歌唱。

可突然，它们改腔变调，惊声尖叫起来。

“看哪，看哪！”一只鸟叫道，“他朝这个年轻人冲过来了！”

“他朝这个年轻人冲过来了，手里还拿着一支长矛！”另一只鸟惊呼道。

“除非这个年轻人身手敏捷，否则他必死无疑！”第三只鸟也喊了起来。

西格德转过身来，发现雷金正悄无声息地向他冲来。他神情严肃，手里还握着一支长矛。要是西格德在听鸟儿歌唱的地方多待一秒钟，那支长矛便会刺穿他的身体。西格德手握宝剑，转身的同时将它掷出，圣剑格拉墨直直地插进雷金的胸膛。

“我要死了，”雷金大声喊道，“我就这么死了——我还没摸过法夫纳看守的宝藏竟然就死了。啊，那堆宝藏受到了诅咒，赫瑞德玛、法夫纳和我都因此丧命。但愿这诅咒降临到杀死我的人身上。”

雷金咽下最后一口气。西格德托起他的尸体，把它扔进了法夫纳尸首旁边的坑里。然后，他回到火堆旁，打算吃掉巨龙的心脏，成为最有智慧的人。他还想吃完龙心后，去到巨龙的洞穴，把那里的宝藏带走，把它当作战利品献给阿尔弗国王和他的母亲。等一切办妥后，他便可以穿过森林，去往火焰之殿，找到那个最聪明、最勇敢、最美丽的沉睡少女。

然而，西格德并没有吃到巨龙的心脏。当他回到之前炙烤龙心的地方时，发现火焰已经把它烧成了灰烬。

第四章
西格蒙德和西格妮的故事

西格德站在荒原的高地上，发出一声响亮的呼喊，以此唤来他引以为傲的坐骑格拉尼。格拉尼在雷金安置它的山洞中听到了这声呼唤，便向西格德飞奔而去，它背上的鬃毛迎风飞扬，两只眼睛闪烁着激动的火光。

西格德飞身跨上格拉尼，骑着它来到法夫纳的洞穴。当他来到巨龙生前的栖地时，首先映入眼帘的是一扇铁门。凭借格拉墨的神剑之力，西格德先将铁门劈开，再用双手强行拉开铁门。此时，呈现在他面前的是巨龙曾经守护的宝藏，那是堆积成山的黄金和璀璨夺目的珠宝。

然而，当西格德直视这堆珍宝时，他发现每件宝物上都笼罩着一层邪恶的阴影。很久以前，这堆宝藏曾深埋于长河之下，由水中女神进行守护。后来，矮人安德瓦利强迫水中女神交出宝藏。可没想到，洛基又从安德瓦利那儿夺走宝藏，还放出了与诸神作对的女巫古尔薇格。为了这堆宝藏，法夫纳杀死了他的父亲赫瑞德玛，而雷金又使计杀死了他的兄弟法夫纳。

西格德并不了解宝藏的来历。然而，当他面对闪闪发光的宝物时，邪恶的阴影触及了他的灵魂。他决定把宝藏全部带走，可现在还不是时候。鸟儿们所说的故事仍在他脑中盘旋，而且对他而言，森林的绿意比宝藏的金光要重要得多。回来的时候，他会用箱子把宝藏装起来，再拉回阿尔弗国王的宫殿。不过，他要先拿几件可以随身穿戴的物品。

西格德找到一顶用金子做的头盔，把它戴在头上，然后又发现一只巨大的臂环，把它套在了自己的胳膊上。在臂环上方，还有一枚刻有卢恩符文的戒指。西格德也将这枚小巧的戒指戴在手上。然而，当洛基从矮人安德瓦利那里夺走宝藏时，被施加诅咒的正是这枚戒指。

西格德知道，没有人会穿过荒原前来法夫纳的巢穴，所以他并不担心宝藏无人看守。他跨上自己引以为傲的坐骑格拉尼，朝森林的方向进发。他要去寻找火焰之殿，那里沉睡着世界上最聪明、最勇敢、最美丽的少女。西格德骑着骏马，黄金头盔和他那一头金发在阳光下熠熠生辉。

行程途中，他想到了自己的父亲西格蒙德。如今，他已经为父亲报仇雪恨。西格德还想到了西格蒙德的父亲伏尔松格，想到了伏尔松格家族所遭受的苦难。

伏尔松格的父亲是利里尔，利里尔的父亲是西吉，而西吉又是奥丁的儿子。伏尔松格刚成年时，便环绕一棵参天大树为自己建了一座宫殿。树枝向上延伸至屋顶，撑起了整座宫殿，它粗壮的树干则傲然挺立在殿堂中央。这棵树名叫“布兰斯托克”，因此伏尔松格大殿也被称作“布兰斯托克之殿”。

伏尔松格膝下子嗣众多，有十一个儿子，还有一个女儿。他的儿子们身体健壮，武艺高强，个个都是优秀的战士，而居住在布兰斯托克之殿的伏尔松格则是一位了不起的首领。

西格妮是一个聪慧美丽的少女，她的声名传遍了世界各地。正是西格妮，伏尔松格家族之女，引发了一场争执，并将伏尔松格和他的儿子们卷入一场生死对决。某天，伏尔松格收到一位国王的来信，请求把西格妮嫁给他为妻。伏尔松格听说过这位国王的赫赫战功，于是传话给他，说布兰斯托克之殿随时恭候他的到访。

国王西吉尔与手下应邀赴约。然而，伏尔松格族人见到国王后，对他的面相无论如何都喜欢不起来。西格妮更是躲到一旁，悄声说：“这个国王内心邪恶，嘴里也没几句真话。”

伏尔松格和十一个儿子聚在一起商讨对策。西吉尔带了大队人马，如果拒绝交出西格妮的话，他极有可能大开杀戒，再一举吞并他们的王国。更何况，伏尔松格发出邀请的时候，就已经答应会把西格妮许配给他。他们在一起商量了许久。西格妮的十个兄弟都说：“就让西格妮嫁给国王吧。他或许并不像她想得那么恶毒。”十个兄弟纷纷表示赞同，只有一个人大声说：“我们不能把妹妹交到这个心术不正的国王手上。我愿与他战斗到底，布兰斯托克之殿的火光必将在我们头顶上方闪耀。”

说这话的人正是伏尔松格最小的儿子西格蒙德。

但是西格妮的父亲却说：“我们不能对西吉尔国王的德行妄下断言。再说，我们已经答应了对方的请求。今夜就让他在布兰斯托克之殿与我们共享盛宴，之后再让西格妮作为他的妻子，离开伏尔松格的领地。”此话一出，众人纷纷望向西格妮，只见她神情严肃，脸上没有一丝血色。“我的父亲，我的兄弟们，就按你们说的办吧，”她说，“我会嫁给西吉尔国王，离开伏尔松格的领地。”西格妮声音洪亮。但当她转身时，西格蒙德还是听见她悄声对自己说：“这是伏尔松格家族的悲哀。”

宴席准备妥当后，国王西吉尔和他的手下来到布兰斯托克之殿。大厅里灯火通明，桌椅也摆放整齐，一只巨大的盛满蜜酒的牛角杯在宾客之间流转。宴会进行到一半的时候，忽然有一位不速之客闯进大厅。他身材高大，在场之人无人能及；他的举止威严，让所有人对他心生敬畏。有人递来一杯蜜酒，他抓起杯子，将它一饮而尽。接着，他从裹在身上的蓝色斗篷下抽出一把宝剑，为本就明亮的大厅再添一分光彩。

陌生人走到大厅中央那名为布兰斯托克的巨树跟前，猛地把手中利剑插入树干。所有人都安静下来。接着，他们听到陌生人的声音，那声音响亮，犹如一支鸣笛的号角：“谁能将此剑从布兰斯托克中拔出，谁就能成为此剑的主人。”他丢下这句话便离开了宴会大厅。

所有人都朝宝剑望去，却只见那一掌宽的手柄露在外面，放射出耀眼的光芒。众人争前恐后冲上前去，想要抓住剑柄，但是伏尔松格发话制止了他们。“西吉尔国王，”他说，“不仅是远道而来的客人，而且是我伏尔松格的女婿，于情于理，他都该成为第一个尝试从布兰斯托克中拔出宝剑的人。”

西吉尔国王走到树下，把手放在宽大的剑柄上。他用力拔剑，可即便他使出浑身气力，也无法动它分毫。他拼尽全力，试图拔剑，却以失败告终。他的脸阴沉下来，甚至有几分愠怒的神色。

接着，其余的人也上前拔剑。西吉尔国王手下的将领们没能拔出宝剑，伏尔松格尝试后也拿它毫无办法。于是，他的十一个儿子开始轮流拔剑。最后轮到的是伏尔松格最小的儿子西格蒙德。西格蒙德用手握住宽大的剑柄向外拔剑，看哪！宝剑竟然被他拔出来了。大厅再一次被那不可思议的光芒所照亮。

这是一把堪称奇迹的宝剑，它由最为上乘的金属打造而成，工匠的技艺也极为精湛。西格蒙德为自己赢得了这件超凡的兵器，令所有人都嫉羡不已。

西吉尔国王盯着宝剑，眼中的贪婪一览无余。“好兄弟，”他说，“我愿意给你等重的黄金交换这柄宝剑。”

但西格蒙德一点儿也不客气。“如果这把剑应当为你所有，你早就凭本事把它拔下来了，”他说，“只可惜，它并不属于你，而是属于我们伏尔松格家族。”

西格妮瞥了一眼西吉尔国王，发现他脸上又添了几分阴郁的神色。她知道国王心中已经埋下了对伏尔松格家族仇恨的种子。

不过，宴会进行到最后，西格妮还是嫁给了西吉尔国王。第二天，西格妮离开布兰斯托克之殿，与西吉尔一起来到他那艘巨大的彩绘战船上。当父亲和兄弟在岸边与她告别时，西吉尔国王向他们发出邀请，就像老友串门、亲戚互访那样，欢迎他们到外乡来看望西格妮。直到每一个伏尔松格的族人都答应国王会去他的领地看望西格妮之后，国王西吉尔才登上战船，扬帆起航。“你来的时候，”国王还对西格蒙德说，“别忘了带上你赢来的那把神剑。”

这就是西格蒙德的儿子西格德驱马来到森林边缘时忆起的往事。

这次轮到伏尔松格和他的儿子们兑现对国王西吉尔的承诺了。他们备好船只，扬帆起航，离开了布兰斯托克之殿所在的这片土地。他们在西吉尔王国的海岸上登陆，把船停在岸边，并在岸上搭起了帐篷，打算在次日天亮之时进殿拜访。

然而，在天光微亮、黎明初现时，一个身披斗篷、头戴纱巾的身影来到伏尔松格的船边。守夜的西格蒙德将她认了出来。“西格妮！”他迫不及待地喊道。西格妮叫醒了父亲和兄弟，告诉他们一场阴谋正在展开。

“西吉尔国王召集了一大批军队来对付你们，”西格妮说，“他痛恨伏尔松格家族的人，男女老幼，无一例外。我的父亲和兄弟们，西吉尔的计划是率领大军将你们一网打尽。不仅如此，他还想把西格蒙德的圣剑格拉墨据为己有。因此，我恳求你们，伏尔松格的亲族们，快把船拖回海中，离开这片充斥着阴谋诡计的土地。”

然而，伏尔松格不肯听女儿的劝。“伏尔松格家族的人不是亡命之徒，决不会仓皇逃离已经涉足的土地，”他说，“我们每一个人都许下诺言，说要拜访西吉尔国王，因此我们会遵守这个承诺。如果他是个卑鄙小人，暗中伏击我们，那我们身为不败的伏尔松格族人，便会正面迎击他的军队，取他项上人头，再将你带回布兰斯托克之殿。天亮了，我们该动身前往国王的宫殿了。”

西格妮本打算再给他们讲讲国王军队的情况，可她知道，伏尔松格的族人从不在意胜算如何。西格妮不再说话，垂头丧气地回到了国王西吉尔的宫殿。

西吉尔知道西格妮已经为自己的父兄通风报信。于是，国王召集手下的军队，将他们布置在伏尔松格族人的必经之地。接着，他又派人来到伏尔松格族人的船上，欢迎他们远道而来。

当伏尔松格族人离开大船后，西吉尔国王的军队就对他们发起了进攻。这场在沙滩上展开的战斗十分惨烈。在无畏的伏尔松格族人面前，西吉尔国王的精锐士兵一个接一个倒下。然而，伏尔松格还是死在了战场上。他的十一个儿子成了俘虏，圣剑格拉墨也从西格蒙德手中被强行夺走。

十一位伏尔松格王子被押到西吉尔国王的大殿上。西吉尔见到他们狼狈的样子，不禁大笑起来。“这里可不是布兰斯托克之殿，少给我摆出那副瞧不起人的嘴脸，”国王说，“在这里，你们不用去树上拔剑，因为有一个更艰巨的任务交给你们。在日落之前，我要亲眼看你们每一个人被这把剑剁成肉酱。”

这时，在场的西格妮站了起来。她脸色苍白，瞪大了双眼。“我不指望你会饶过我兄长的性命，”她说，“因为我知道，不论我如何恳求也无济于事。但是西吉尔，你听过一句古话吗？——‘善待尚未瞑目者’。”

听到西格妮这样说，西吉尔笑道：“是啊，我的王后，‘善待尚未瞑目者’。我当然会好好照顾他们。我要让他们睁大眼睛，好好欣赏彼此的苦痛。他们不会现在就被处死，也不会一起死去，我要让他们亲眼看着自己的兄弟一个接一个死去。”

于是，西吉尔对他卑劣的部队下达了新的指令：把这十一个兄弟带到森林深处，用铁链把他们捆在木桩上，让他们在那儿自生自灭。这就是西吉尔对伏尔松格家族的十一个儿子所做的恶行。

第二天，一个忠于西格妮的守卫来到她的寝宫。西格妮向他询问：“我的兄弟们还好吗？”

守卫说：“一头巨狼来到锁住他们的地方，扑向您的第一位兄长，把他吞了下去。”

西格妮听到这个消息并未落泪，她的内心变得无比坚强。“你再回去，”她说，“看看接下来会发生什么。”

守卫回来的时候说：“您的第二个兄弟已经被狼吃掉了。”这次，西格妮依然没有掉下一滴泪水，她内心的外壳也变得越发坚硬。

每天，守卫都会找到西格妮，将伏尔松格兄弟的情况禀报给她。最后，只剩一个兄弟还活着，那就是她最年少的兄长西格蒙德。

西格妮说：“我们不能再坐以待毙了。我想好应该怎么做了。你带一罐蜂蜜去西格蒙德被绑的地方，把蜂蜜涂在他脸上。”

守卫照西格妮的吩咐做了。

巨狼再度沿着森林的小路来到西格蒙德被绑的地方。它嗅到了西格蒙德脸上的蜂蜜，于是伸出舌头轻舐他的脸。西格蒙德顺势咬住狼的舌头。巨狼拼命挣扎，但是西格蒙德没有松口。在搏斗的过程中，西格蒙德折断了绑住他的木桩。接着，西格蒙德用手擒住巨狼，将它的下颚撕成了两半。

守卫目睹了发生的一切，如实向西格妮作了禀告。她感受到一阵强烈的喜悦：“只要伏尔松格家族还有一个人活着，就一定可以向西吉尔国王报仇，再夺下他的宫殿，一雪前耻。”

守卫就此把守在去往森林的路上，并在西格蒙德为自己建造的隐蔽小屋处做了标记。他还时常为西格蒙德带来西格妮的密信。这段时间，西格蒙德过着逃犯和猎人的生活，但他并未离开森林半步。西吉尔国王不知道伏尔松格家族还有一人生还，并且就潜伏在他身边。

第五章

西格蒙德和辛菲厄特利的故事

当西格德在森林中骑行的时候，脑中想的都是父亲西格蒙德生前的事迹，这些都是母亲希奥尔迪丝告诉他的。很长一段时间，西格蒙德都过着以打猎为生的亡命生活，但是他从未远离西吉尔国王领土范围内的那片森林。他经常从西格妮那里收到密信。两兄妹作为伏尔松格家族最后的血脉，深知西吉尔国王及他的族人，必将为背信弃义这一行为受到惩罚，甚至付出生命的代价。

西格蒙德知道，西格妮会派她的儿子来助他一臂之力。一天清晨，一个约莫十岁的男孩来到他的小屋。西格蒙德可以猜到，这个男孩是西格妮的其中一个儿子。西格妮想请他将这个孩子训练成一名勇士，使他成为一名配得上伏尔松格血统的战士。

西格蒙德几乎不看那个孩子，也很少与他说话。一天，西格蒙德准备出门打猎，当他从墙上取下长矛时，对男孩说道："小孩儿，这是装面粉的袋子。你把面和好，做成面包，等我回来就开餐。"

然而，西格蒙德回来的时候，面包却没有做好。男孩只是站在那里，瞪大眼睛看着那袋面粉。“你没有做面包吗？”西格蒙德问道。

“没有，”男孩说，“我不敢碰那个袋子，里面有东西在动。”

“你的胆子比老鼠还小。回你母亲那儿去吧，告诉她你不是成为伏尔松格勇士的那块料。”

听西格蒙德这样说，男孩哭着就离开了。

一年后，西格妮的另一个儿子来了。像之前一样，西格蒙德几乎不看他，也不怎么跟他说话。“这是面粉袋。在我回来之前，把面和好，做成面包。”西格蒙德吩咐道。

然而，西格蒙德回来的时候，依旧没有瞧见面包的影子，只看到男孩远远地躲着面粉袋子。

“你还没做面包吗？”西格蒙德问他。

“没有，”男孩说，“那袋子里有东西，我害怕极了。”

“胆小如鼠。回去找你母亲，告诉她你不是成为伏尔松格战士的那块料。”

男孩和他哥哥一样，哭着跑回去了。

那时，西格妮就只有这两个儿子。可最后，她决定孤注一掷，生下肚里那个孩子，而这个孩子也将成为家族最后的希望。等这个男孩长大后，西格妮又把他送到西格蒙德那里。

男孩来到林中小屋时，西格蒙德对他说：“你母亲跟你说了什么？”

“没说什么。她就把一双手套缝在我手上，然后叫我扯下来。”

“你照做了吗？”

“嗯，连着皮一起扯下来了。”

“你哭了吗？”

“伏尔松格的族人不会为这种小事哭泣。”

西格蒙德将这个小伙仔细端详。只见他身材高大，长相俊美，四肢健壮，眼神中没有一丝恐惧。

“你想让我为你做什么？”男孩问道。

“这是装面粉的袋子，”西格蒙德说，“你把面和好，在我回来之前做成面包。”

西格蒙德回来的时候，面包正在炭火上烤着。“你面包是用什么做的？”西格蒙德问道。

“我拿面粉做的。那袋子里有东西——好像是条蛇——我把它揉进面粉里，放到火上一起烤了。”

西格蒙德放声大笑，把男孩搂进胳膊说：“这面包就别吃了，你揉进去的可是一条毒蛇。”

男孩的名字叫辛菲厄特利。西格蒙德将猎人的技艺传授给他，同时让他保留了亡命之徒不羁的性子。他们四处游走，对西吉尔手下的士兵展开了报复。男孩性格刚烈，没有说过一句假话。

一天，西格蒙德和辛菲厄特利打猎的时候，在黑暗的森林中发现一间形状诡异的屋子。他们推门进去，发现有两个男人正在屋中酣睡。两人的胳膊上都戴着沉甸甸的黄金臂环，西格蒙德知道，这两个人是国王西吉尔的儿子。

熟睡的男人身边放着两张狼皮，像是刚从身上脱下来的。西格蒙德终于明白过来，这两个人会使用变身术——他们可以改变自己的外貌，变成狼在森林中游荡。

西格蒙德和辛菲厄特利穿上那两人脱下的狼皮，随后也变成狼的模样。他们以狼的身形在森林中游走，但时不时也会变回人形。变成狼的时候，他们便会攻击西吉尔的手下，以削弱国王的防备力量。

一天，西格蒙德对辛菲厄特利说："你还年轻，我不希望你太过鲁莽。如果你碰到的敌人少于七个，那就跟他们打；但如果多于七个人，你就像狼那样号一嗓子，我会立刻赶来为你助战。"

辛菲厄特利保证他会照办。

一天，西格蒙德化身为狼在森林游荡时，听到一阵激烈的打斗声。他停下来倾听辛菲厄特利的呼唤。但是没有呼声传来。西格蒙德循着打斗声在森林中找寻，沿途经过了十一具尸体。最后，他看见辛菲厄特利躺在灌木丛中，依旧是狼的模样，还因为刚才那场恶斗喘着粗气。

"你刚才和十一个人对战。为什么不叫我？"西格蒙德问道。

"为什么非得叫你呢？我又不是绣花枕头，十一个敌人算得了什么？"

西格蒙德被辛菲厄特利的话激怒了。他盯住躺着的辛菲厄特利，狼皮中暗藏的恶狼本性向他袭来。西格蒙德朝辛菲厄特利猛扑过去，用牙齿狠狠地咬住了他的喉咙。

辛菲厄特利一边喘着粗气，一边在垂死的痛苦中挣扎。西格蒙德这才意识到自己双颚巨大的咬力，痛苦地号叫起来。

当西格蒙德舔舐伙伴的脸颊时，他看到两只鼬鼠撞在一起。它们两个纠缠起来，开始互相攻击，第一只用牙齿咬住第二只的喉咙，似乎要将它置于死地。西格蒙德目睹了整个战斗的经过。可是接下来，那只扑咬同伴的鼬鼠又跑开了。它找来一种特殊草药的叶片，敷在另一只鼬鼠的伤口上。草药使伤口迅速愈合，被咬的鼬鼠站起身，又重新活蹦乱跳起来。

于是，西格蒙德决定去找鼬鼠带给同伴的那种草药。正当他苦苦搜寻时，他看到一只乌鸦嘴里叼了片叶子。当他走近时，乌鸦把嘴里的叶片丢了下来。看哪！这正是鼬鼠带给同伴的那种草药。西格蒙德拾起叶片，把它敷在辛菲厄特利喉咙的伤口上，伤口愈合了，他的身体也恢复如初。他们回到森林中的小屋。第二天，他们把狼皮烧毁并向众神祈祷，祈求不再被邪恶的狼性迷惑了心智。此后，西格蒙德和辛菲厄特利都不再变幻身形。

第六章

伏尔松格家族的复仇及辛菲厄特利之死

如今，辛菲厄特利已经长大成人，向西吉尔国王复仇的时机也已成熟。西吉尔杀死了伏尔松格，还是害伏尔松格十个儿子惨死的罪魁祸首。西格蒙德和辛菲厄特利戴上头盔，手握利剑，来到西吉尔国王的宫殿。他们躲在入口的酒桶后面，等待士兵离开宫殿，准备伺机对国王和他的随从发起进攻。

西吉尔国王年龄较小的几个孩子在宫殿里玩耍，其中一个孩子的皮球掉到地上。皮球滚到了酒桶后面。孩子往球的方向看去，发现有两个人蹲在那里，他们手里握着宝剑，头上戴着钢盔。

孩子跑去告诉仆人，仆人又立即向国王禀报。于是，西吉尔现身，命令身边的士兵将躲在酒桶后的人包围起来。西格蒙德和辛菲厄特利一跃而起，与西吉尔的手下拼死相搏，却不幸因战败被俘，沦为阶下囚。

两人未被立即处决，因为当时的法律不允许在日落后处死战俘。尽管如此，西吉尔国王也决不会容许他们存活于世。他下令把两人扔进土坑，再往里面填土，打算将他们活埋。

国王的命令立即得到执行。西格蒙德和辛菲厄特利被扔进土坑，土坑中间立着一块巨大的石板，将两人分隔开来。如此一来，即便西格蒙德和辛菲厄特利能听见彼此的呼喊，也无法给予对方帮助。一切都按照国王的吩咐进行着。

然而，当国王的奴隶往土坑上铺草皮时，一个身披斗篷、头戴兜帽的人来到他们中间。他朝辛菲厄特利所在的坑中投下一包稻草，里面似乎裹着什么东西。当草皮和泥土将两人头上的天空遮蔽时，辛菲厄特利对西格蒙德喊道："我死不了，王后往我这儿扔了个稻草包，里面包了一大块肉。"

过了一会儿，辛菲厄特利又对西格蒙德喊道："王后扔给我的肉里还有一把剑。这把剑无比强大，似乎就是你同我说过的神剑格拉墨。"

"如果它真是格拉墨，"西格蒙德说，"那它一定能刺穿石板。你用这把剑抵住石板试试。"

辛菲厄特利举起剑，朝石板刺去，剑刃触到石板的瞬间便穿了过去。接下来，他们各执剑的一端，把横亘在中间的石板切成两半。随后，他们协力合作，轻而易举地掀掉了头顶上方的泥土和草皮，两人也因此重见天日。

国王西吉尔的宫殿就在眼前。他们来到宫殿，在入口处堆起干柴，放了一把火，任由烈火在宫中燃烧。当大殿陷于火海之中时，国王西吉尔来到门边嚷道："谁胆敢在国王的宫殿放火？"

西格蒙德站出来，大声说道："我，西格蒙德，伏尔松格家族的后裔。你对伏尔松格家族犯下的罪行，今日便叫你血债血偿。"

西格蒙德手中握着威力无比的神剑格拉墨。西吉尔见状转身逃回殿内，却与面色苍白、目光坚定的西格妮撞个正着。西格蒙德对她喊道：“出来吧，出来吧。我是西格蒙德。从西吉尔熊熊燃烧的宫殿里出来吧，让我们一起回到布兰斯托克之殿。”

然而西格妮答道：“一切都结束了。如今大仇已报，此生已不再有任何遗憾。我的兄弟，伏尔松格家族的血脉将从你身上延续下去，我替你感到高兴。当初与西吉尔国王成婚，我不乐意；与他一同生活，我不乐意；可现在，我十分乐意送他最后一程。”

西格妮走回宫殿。只见烈火将一切吞没，殿内无人生还。伏尔松格家族的复仇到此画上了句号。

在林间大道骑行的时候，西格德回忆起了父亲西格蒙德的生平往事，还有父亲那位年轻的族人辛菲厄特利，以及后来降临在两人身上的命运。

西格蒙德和辛菲厄特利离开西吉尔的王国，回到了布兰斯托克之殿。西格蒙德成为一位伟大的国王，辛菲厄特利则成为他麾下部队的总指挥。

他们的故事到这里还没有讲完：西格蒙德如何与一个名为博格希尔德的女人成婚，而辛菲厄特利疯狂爱上的女人，却又是博格希尔德的哥哥的梦中情人。两个立场不同的年轻人决定为爱而战。最终，辛菲厄特利杀死了博格希尔德的哥哥，这是一场公平的对决。

辛菲厄特利返回故乡。为了让他与王后和平共处，西格蒙德给了博格希尔德一大笔黄金，作为她失去哥哥的补偿。王后收下金子说：“看哪，这就是我哥哥性命的价值。希望你们以后不要再提起这件事了。”随后，她便对辛菲厄特利重返布兰斯托克之殿表示欢迎。

虽然王后表面上对辛菲厄特利十分友好，可是内心却想置他于死地。

那天晚上，布兰斯托克之殿举办宴会。王后博格希尔德拿着一只盛满蜜酒的牛角杯，逐个招呼客人。她来到辛菲厄特利身边，把酒杯举到他跟前说："哦，西格蒙德的朋友，喝下我手里这杯酒吧。"

然而，辛菲厄特利注意到了王后的眼神，于是说："我是不会喝这杯酒的，酒里有毒。"

为了避免王后对辛菲厄特利讽刺挖苦，站在一旁的西格蒙德拿走了博格希尔德手中的牛角杯。没有毒液或毒药可以伤他分毫。西格蒙德把酒杯举到嘴边，将里面的酒一饮而尽。

王后对辛菲厄特利说："怎么？连喝酒都要别人帮你挡？"

那天晚些时候，王后又拿着盛满蜜酒的牛角杯来到辛菲厄特利身边。王后递出酒杯时，辛菲厄特利看出了她眼中的恶意。"酒里有毒，"他说，"我不喝。"

百毒不侵的西格蒙德再次接过牛角杯，将酒水一饮而尽。王后又把辛菲厄特利取笑了一番。

第三次，王后又来到辛菲厄特利身边。在递出牛角杯前，她对在场的人说道："就是这个人，他甚至不敢像男人一样把酒喝完。亏他还是伏尔松格家族的人！"辛菲厄特利看到了她眼中暗藏的恨意。无论王后再怎么挖苦，辛菲厄特利也没有从她手中接过酒杯。西格蒙德仍旧站在一旁，可是他已经不愿再次挡酒，于是他对辛菲厄特利说："把酒往你胡子里倒。"

辛菲厄特利以为西格蒙德的意思是——让他用周围长满胡须的

嘴巴饮下蜜酒，别再给他和王后制造麻烦。然而，西格蒙德并不是这个意思，他是想让辛菲厄特利假装喝酒，让蜜酒顺着胡子流到地上。辛菲厄特利误解了他同伴的意思，于是从王后手中接过酒杯，举到唇边喝了下去。酒刚一入口，毒素便侵入他的心脏，辛菲厄特利在布兰斯托克之殿倒地身亡。

唉！西格蒙德为自己族人以及战友的离去感到悲痛欲绝，不让任何人触碰他的遗体。他亲手抱起辛菲厄特利，抱着他走出宫殿，穿过森林，来到大海沿岸。他注意到岸边停着一艘小船，船上还站着一个人。西格蒙德走近一看，发现那人已经上了年纪，而且体形异常高大。“把他交给我吧，我来替你减轻负担。”那人对西格蒙德说。

西格蒙德把辛菲厄特利的遗体放进船里，想在旁边找个位子。然而，遗体一放进去，船就自动驶离了陆地。船上甚至没有船桨和船帆。西格蒙德望向站在船尾的老人，遂知他并非凡人，而是众神之父奥丁，神剑格拉墨正是拜他所赐。

西格蒙德回到宫殿，发现他的王后博格希尔德也死了。后来，他迎娶了希奥尔迪丝，也就是西格德的母亲。现在，伏尔松格家族的西格德——西格蒙德和希奥尔迪丝的儿子——在森林中策马前行。他身佩圣剑格拉墨，而那顶来自巨龙宝藏的黄金头盔则与他的金发在阳光下交相辉映。

第七章

火焰之殿的布伦希尔德

林间小道引导着西格德走上山路。终于，他来到高山之巅——希恩达尔峰。此处树木凋敝，只留下一片开阔的天空，任风吹拂。火焰之殿就建在希恩达尔峰上。西格德看到宫殿外石墙高耸，却暗淡无光，四周还燃烧着一圈熊熊烈火。

当西格德骑马向宫殿靠近时，耳边不断传来火焰盘旋而上的噼啪声。他坐在自己引以为傲的坐骑格拉尼上，久久注视着漆黑的高墙以及环绕在四周的火焰。

接下来，他骑着格拉尼向火焰进发。要是换作另一匹马定会吓得惊慌失措，可西格德胯下的格拉尼却十分镇定。他们直面火焰高墙，无所畏惧的西格德纵马穿了过去。

此时，西格德已经来到火焰之殿的庭院。那里很安静，没有人说话，也没有猎犬或马匹的喧嚣声。西格德下马，吩咐格拉尼待在原地。他推开一扇门，发现是一间卧室，卧室的帷幔上绘有一棵巨树的图案，那棵树有三条根，图案从一面墙一直延续到另一面墙上。在卧室中央的躺椅上，有一个人陷入了沉睡。那人戴着头盔，胸前护有鳞甲。西格德将那人的头盔取下，却见一头女人的秀发从躺椅上倾泻而下——一头如神迹般闪耀的长发。这就是鸟儿曾向他提起的少女。

西格德用剑斩断胸甲的系带，久久注视着少女。她面容姣好，但不失坚毅，似乎是那种可以被打败，但绝不服输的人。她的手掌和双臂具有力量的美感。她的嘴唇丰润，尽管双目紧闭，但那一对眉峰仍然挺俏。

少女睁开眼睛，慢慢看向西格德："将我从沉睡中唤醒的人，你是谁？"

"我是西格德，西格蒙德之子，伏尔松格家族的后裔。"他答道。

"你是穿过了火墙才找到我的吗？"

"正是如此。"

少女起身跪在躺椅上，对着光亮的地方伸出双臂。"哦，白昼万岁！"她哭喊道，"哦，白昼之子，光芒万岁！哦，黑夜，哦，黑夜之女，愿诸位用目光为我们带来祝福。哦，阿萨男神，哦，阿萨女神！哦，一望无际的米德加尔德，万岁！愿你赐予我们智慧的头脑、雄辩的言辞和复苏的力量，不让任何虚假和怯懦进入我们的生活！"

少女向天呼喊的时候睁大了双眼。那双眼睛蕴含着西格德此生见过的所有蓝色：花海的靛蓝、天空的蔚蓝，以及剑锋的幽蓝。少女睁着大眼睛望向西格德，对他说道："我叫布伦希尔德，曾经是一名瓦尔基里，现在只是一个普通女孩。像其他凡间女子一样，我也必须经历死亡和苦难的折磨。但是，我决不允许任何虚伪、怯弱之徒侵入我的生活。”

人们都说布伦希尔德是世界上最聪明、最勇敢、最美丽的少女，西格德深以为然。他把神剑格拉墨放在她脚下，口中念着她的名字“布伦希尔德”。他告诉少女自己是如何杀死巨龙，又是如何从鸟儿那里听说她的故事。布伦希尔德从躺椅上起身，将一头秀发盘了起来。西格德吃惊地望着她。只见她步履轻盈，像是在云端漫步。

两人并肩而坐，布伦希尔德向西格德讲述了许多精彩却不为人知的故事。她告诉西格德，自己是如何被众神之父奥丁从阿斯加德派到米德加尔德的战场上，又是如何按照奥丁的旨意，决定每一场战斗的胜负，将死去的勇士送入瓦尔哈拉神殿。她还告诉西格德，正是因为违抗了奥丁的命令，她才被逐出阿斯加德。奥丁把沉睡之树的一根荆棘扎进她的身体，让她长眠于此，直至凡间最勇敢的男人将她唤醒。若是有人能将胸甲击碎，便能取出沉睡之树的荆棘。“奥丁曾对我许下承诺，”她说，“我若作为凡间女子，便只能与世间最勇敢的男子成婚。众神之父在我沉睡的地方设下火圈，不让任何人靠近，只有那个最勇敢的人才能突破重围。是你，西格德，西格蒙德之子，伏尔松格家族的后裔来到了我身边。你不仅是世上最勇敢的人，而且在我看来，你还是最英俊的人，甚至不输挥舞长剑的阿萨之神提尔。”

她告诉西格德，不论骑马穿过火海的人是谁，只要对方提出娶亲的要求，她都不得拒绝。

两人深情地交谈着，不知不觉就到了晚上。西格德这才听到他的坐骑格拉尼一遍又一遍为他嘶鸣。他坚定地对布伦希尔德说：“请允许我暂时离开你含情的目光。我会成为世间最负盛名的英雄，可是现在，我的名声仍不如我父亲和祖父那般显赫。我打败了莱格尼国王，杀死了巨龙法夫纳，但这些还远远不够。我若想成为这世上最伟大的英雄，就必须承受走上这条路所必经的苦难。之后，我会回到火焰之殿，回到你的身边。”

布伦希尔德对他说：“你说得不错。去接受考验，让全世界都知道你的名字。我会等你，因为我知道，只有你西格德能够穿越将我束缚在此的火焰。”

他们久久凝视着对方，不再言语。接着，他们握住彼此的手告别，并许下誓言，发誓决不再娶或另嫁。作为信物，西格德摘下手上的戒指，给布伦希尔德戴上——就是安德瓦利的那枚戒指。

第八章

西格德造访尼伯龙根家族

西格德离开希恩达尔峰，来到由尼伯龙根族人统治的尼伯龙根，正如西格德的家族被称作伏尔松格家族一样。尼伯龙根的国王名为吉乌基。

西格德走进大殿时，吉乌基和他的王后以及所有的王子都对这位勇士的到来表示欢迎，因为西格德极有可能成为世间最负盛名的英雄。此后，西格德与国王的儿子贡纳尔和霍格尼一同上场杀敌，三人名声大噪，但西格德仍然更胜一筹。

当他们征战归来时，尼伯龙根族人的宴厅里一片欢腾，西格德与尼伯龙根家族结下了深厚的友谊。他十分欣赏国王的儿子贡纳尔和霍格尼，并与他们结拜为兄弟。此后，三人便情同手足。吉乌基国王有一个继子名叫古托姆，可他并不是结拜兄弟的一分子。

战争结束后，西格德应邀在尼伯龙根家族的宫殿度过了整整一个冬天。他心中满是对布伦希尔德的思念，迫切地想带她离开火焰之殿，一同前往吉乌基国王答应赐予他的领地。可是现在，西格德还不能回到她身边，因为他已经立下誓言要继续辅佐他的结拜兄弟。

一天，西格德独自骑行的时候，听到几只鸟儿在相互交谈。他能听懂它们所说的话。其中一只鸟说：“那不是西格德吗？他头上戴着从法夫纳的宝藏中取出的神奇头盔。”另一只鸟说：“他不知道那顶头盔具有神力，可以让他像法夫纳那样变幻身形，什么动物都能变，甚至可以变成其他人的模样。”第三只鸟说：“他不知道这顶头盔的神力可以助他完成心愿。”

西格德骑马回到尼伯龙根的宫殿。在晚宴餐桌上，他把从鸟儿那里听来的话，告诉了尼伯龙根家族的人。他把那顶神奇的头盔展示给他们看，还告诉他们自己是如何杀死巨龙法夫纳，又是如何赢得了巨龙守护的宝藏。西格德的两个结拜兄弟也在场，他们都为兄弟得到神器助力并取得如此成就，感到无比欣慰。

但对西格德来说，比宝藏更为珍贵，比头盔更为美妙的是他对布伦希尔德的思念。不过，他对此只字未提。

王后名叫格里姆希尔德。她是贡纳尔和霍格尼的母亲，也是他们同母异父的兄弟古托姆的母亲。格里姆希尔德和国王还育有一个女儿，名叫古德露恩。格里姆希尔德是世上最聪明的女人之一，只需一眼，便能看出西格德是世上最英勇的战士。王后想让西格德成为尼伯龙根家族的一员，他不仅得是贡纳尔和霍格尼的结拜兄弟，而且还必须与家族产生更紧密的联系。当她得知西格德拥有巨额的宝藏时，更是下定决心要将他纳入尼伯龙根家族。她眼巴巴地望着西格德的黄金头盔和他佩戴的巨大臂环，最终，王后决定将女儿古德露恩许配给他。然而，西格德和少女古德露恩却对她的这个决定毫不知情。

王后仔细观察西格德，发现他心中藏着一段刻骨铭心的回忆，让他对古德露恩的美好视而不见。王后懂得咒语和酿酒之法（她来自博格希尔德的家族，后者曾用毒酒夺去辛菲厄特利的性命）。于是，她打算调制一杯魔酒，抹去西格德的记忆。

王后成功调配出这种魔酒。一天晚上，尼伯龙根家族在大厅举办宴会，王后把盛有魔酒的杯子递给古德露恩，吩咐她把酒带给西格德。

西格德从美丽的尼伯龙根少女手中拿过酒杯一饮而尽。喝完酒后，西格德放下杯子，他明明身处宾客中央，却如在梦境中一般恍惚。他像梦游一样回到自己的卧室，之后的一天一夜他沉默不语，神志也不是很清晰。当他与贡纳尔和霍格尼骑马外出时，这两人问他："兄弟，你丢了什么东西吗？"西格德却说不出来。他已经丧失了关于火焰之殿以及瓦尔基里——布伦希尔德的全部记忆。

西格德看到古德露恩，第一次把她看得如此真切。她那一缕缕长发柔顺，双手娇嫩，眼神如木槿花一般纯净，言行举止也十分优雅。古德露恩举手投足间流露出的气质与她一国公主的身份极为相称。自从她第一次见到骑在马背上的西格德，见到他金发之上戴着那顶黄金头盔的时候，古德露恩就深深爱上了他。

此时正是野天鹅迁徙的季节，古德露恩来到湖边看它们筑巢。她在湖边观赏时，西格德正好骑着马从松树林经过。他看到了古德露恩，她的美让周围的一切失去了颜色。西格德停住马儿，聆听她对天鹅唱出的美妙歌声，那正是伏尔隆德为他的天鹅新娘亚尔薇特所作的歌曲。

西格德的心中不再空空荡荡：自从他在天鹅筑巢时节，在湖边见到古德露恩后，便再无法忘却她的身影。现在，他又看着她在宫殿里与母亲一起刺绣，看着她照顾父亲兄弟，西格德对这位姑娘产生的感情正与日俱增。

终于有一天，西格德向两个兄弟贡纳尔和霍格尼提亲，迎娶他们的妹妹古德露恩。两个兄弟自然是喜出望外，毕竟他们也是那一大笔财富的受益人。他们把西格德带到国王吉乌基和王后格里姆希尔德面前。国王和王后当即答应下两人的婚事。随着西格德的加入，尼伯龙根家族似乎摆脱了所有的忧愁和烦恼，自此进入生命和权力的鼎盛时期。

当古德露恩得知西格德向她求婚后，便对王后说："哦，母亲，我实在承受不住这份喜悦。您智慧过人，可得替我出出主意。我是那么、那么地在乎他，可是怎样让他知道呢？不，我不能让他觉察出来，以免他觉得我除了爱他，一无是处。像他这样伟大的战士是不会在乎这种儿女情长的。我要成为一名女武士，陪在他身边。"

西格德和古德露恩举办了婚礼，尼伯龙根上下举国欢庆。王后格里姆希尔德心想，尽管魔药的效力会随着时间消退，可是他对古德露恩的爱会永远占据他的心房，不给其他记忆留有一丝余地。

第九章
贡纳尔迎娶布伦希尔德

西格德和古德露恩完婚后成为尼伯龙根家族的一员。他把法夫纳的宝藏搬进了尼伯龙根的宝库。接下来，西格德回到继父的王国，看望了阿尔弗国王和自己的母亲希奥尔迪丝。可是，他对火焰之殿已经毫无印象，也不记得在那里等候他的布伦希尔德了。

后来，吉乌基国王去世，西格德的结拜兄弟贡纳尔继任成为新王。贡纳尔的母亲希望他早日成婚，可他却说还没有遇见心仪的姑娘。

然而，当他和西格德在一起时，总会提到一个远方的姑娘，一个让他日思夜想的姑娘。有一天，在西格德的一再逼问下，贡纳尔终于道出了那名女子的身份，他说起了一位诗人们口中传唱的少女，一位居住在火焰之殿的少女。这个少女名叫布伦希尔德，由一个燃烧的火圈所守护。

西格德只觉得好笑，务实又精明的兄弟竟会被一个传说中的女子迷得神魂颠倒。不过，既然他对那个女孩如此着迷，为什么不去找她，把她娶回来呢？西格德如是问道。贡纳尔屈身问西格德是否愿意助他一臂之力，西格德握住他的手，发誓说一定为兄弟两肋插刀。

于是贡纳尔、霍格尼和西格德一同启程前往希恩达尔峰。他们一路马不停蹄，直到看见那被升腾的火焰包围的黑色高墙。西格德对这个地方没有丝毫印象。贡纳尔平时颇为严肃，此刻脸上竟然露出了迫切的表情。他驱使坐骑戈提走上前去，可它无论如何也不愿踏入火圈。于是贡纳尔想到，若是骑上西格德的坐骑格拉尼，只需一跃便能穿过火墙。但格拉尼知道，骑在它身上的人惧怕烈焰，于是它暴跳着拒绝穿过火墙。只有当背上的人是西格德时，它才敢挺身冲入火焰。

三个结拜兄弟愣在原地不知所措。不过，当他们深思许久后，智者霍格尼说道："我有一个办法，可以成功迎娶布伦希尔德。那就是让西格德用它那顶神奇的头盔变成贡纳尔的样子。这样西格德就能骑着格拉尼穿过火墙，并以贡纳尔的身份见到布伦希尔德。"

西格德看着兄弟恳求的目光，无奈只得答应按照他所说的方式，骑着格拉尼穿过火圈，来到布伦希尔德身边。借助头盔的魔力，西格德与贡纳尔都改变了模样。接着，西格德骑上格拉尼，往火焰之墙直冲过去。格拉尼知道骑在它背上的人无所畏惧，于是一个箭步跃过了火墙。西格德来到火焰之殿的庭院，他跳下马背，吩咐格拉尼待在原地。

西格德走进宫殿，发现一位少女正手握长弓瞄向箭靶。少女转过身来，西格德看到了她俊俏而坚毅的面容，几缕光滑柔顺的鬈发垂在耳边，一双眼眸像是静谧的海面映出的星辰。西格德以为少女手中的箭已经射穿了他的身体，但事实并非如此。布伦希尔德扔下长弓，瞬步来到西格德跟前，犹如凌空飞降。布伦希尔德走上前去，定睛一看，随即发出一声惊叫。

“你是谁？”她问道，“你怎么能穿过烈火之墙来到我身边？”

“我是贡纳尔，国王吉乌基之子，尼伯龙根家族的后裔。”西格德答道。

“你是世界上最勇敢的人吗？”她问道。

“我已经穿过火焰之墙来到你的身边。”西格德答道。

“凡是穿过火焰之墙的人都可以娶我为妻，”布伦希尔德说，“这是用卢恩符文写下的规矩，我不得不遵从。但是，我以为只有一个人能穿过火墙。”她看着西格德，眼中满是怒火。“哦，我愿意拿起勇士的武器与你决斗。”布伦希尔德哭喊道。接着，西格德感到她强有力的双手按在自己身上，明白她是想把自己摔翻在地。

他们扭打起来，两人势均力敌，谁也动不了对方。英雄之首西格德和瓦尔基里布伦希尔德就此展开一场决斗。其间，西格德抓住布伦希尔德的手，那手上戴着一枚戒指。西格德按住她的手指，把戒指摘了下来。

这正是安德瓦利的那枚戒指，西格德曾亲手将它戴在布伦希尔德的手上。当戒指被摘下来后，布伦希尔德一下失去力气，跪倒在地板上。

西格德用双臂抱起布伦希尔德，带她来到等候在外的格拉尼身边。他把布伦希尔德扶到马背上，然后坐在她身后，再一次穿过火焰之墙。霍格尼和贡纳尔在墙外翘首以盼；贡纳尔仍是西格德的模样。布伦希尔德没有看他们，而是用手捂着脸。西格德变回自己的样貌，骑马走在贡纳尔和霍格尼前面，回到尼伯龙根的宫殿。

西格德走进宫中，发现妻子古德露恩正和自己的小儿子西格蒙德一同玩耍。他坐到古德露恩身边，告诉她发生的一切：他是如何替兄弟出谋划策，并为贡纳尔赢得了瓦尔基里布伦希尔德，以及如何与布伦希尔德决斗，又是如何战胜她，并从她手上摘下了现在自己戴着的这枚戒指。

正当他与妻子说话的时候，古德露恩母亲给他饮下的魔酒效力逐渐消失了。西格德想起来，他曾经去过火焰之殿，并以自己的相貌穿过了火焰之墙。接着，他又回想起那个夜晚，在喝下王后格里姆希尔德调制的魔酒后，整个人就像丢了魂一样。西格德愣在那里看孩子们玩耍，看妻子缝衣织布，像是仍未从梦中醒来。

西格德站在那里的时候，贡纳尔和霍格尼走进尼伯龙根的宫殿，身后还跟着布伦希尔德。古德露恩起身相迎，因为她是哥哥的新娘。见到布伦希尔德后，西格德想起了过去所有的事情。当记忆恢复后，西格德从心底发出一声长叹，竟然挣断了胸前锁甲的链环。

第十章
西格德之死

一天，贡纳尔的妻子布伦希尔德（如今已是王后）与西格德的妻子古德露恩在河中沐浴。两人并不经常见面。布伦希尔德是世界上最傲慢的女人，她总是以轻蔑的态度对待古德露恩。她们一起沐浴的时候，古德露恩甩了甩头发，不小心将水珠溅到布伦希尔德身上。布伦希尔德见状扭头便走。古德露恩并不知道布伦希尔德对她怀恨在心，于是追着她向上游去。

“布伦希尔德，你为什么要往上游那么远？”古德露恩问道。

“这样你就不会把头发甩到我身上来了。”布伦希尔德没好气地答道。

古德露恩一动不动地站在原地，而布伦希尔德则像一个注定独行的人那样逆流而上。古德露恩哭着问她：“我的姐妹，你为什么要这样对我说话？”

古德露恩记得布伦希尔德从一开始就瞧不起她，还经常以尖酸刻薄的语气同她说话。可是她不明白，布伦希尔德为何要如此待她。

这其中原委自然与西格德脱不了关系。在布伦希尔德眼中，西格德是第一个骑马穿过火焰之墙的人，是他用剑斩断了她胸甲的系带，取出了她身上那根沉睡之树的荆棘，是他唤醒了她。布伦希尔德醒来之后，便将所有的爱倾注在西格德身上，可是他转眼就将她忘记，把爱献给了另一个女孩。布伦希尔德，这位曾经的瓦尔基里，自觉尊严受到践踏，心中的怒火难以平息。

“布伦希尔德，你为什么要这样对我说话？”古德露恩追问道。

“头发上的水可不能乱甩，若是弄湿了身份比你尊贵的人，成何体统，更何况我还是贡纳尔国王的妻子。”布伦希尔德答道。

“你确实嫁给了国王，但他并不比我的丈夫更加勇敢。”古德露恩说道。

“贡纳尔英勇得多。你凭什么拿西格德跟他比较？”布伦希尔德说道。

“西格德杀死了巨龙法夫纳，还赢得了巨龙的宝藏。”古德露恩说道。

“贡纳尔穿过了火焰之墙。你是不是还想说西格德做过同样的事？”布伦希尔德说道。

“没错，”古德露恩愤然道，“穿过火焰之墙的是西格德，不是贡纳尔。当时，西格德换上贡纳尔的相貌，还从你手上摘下这枚戒指——瞧，它现在就戴在我手上。”

说着，古德露恩伸出手，手指上戴的正是安德瓦利的那枚戒指。布伦希尔德一下明白过来，古德露恩说的都是真话。正如第一次那样，第二次穿越火圈的人仍然是西格德。与她决斗的人、摘下她手上戒指的人、背信弃义并以他人之名向她求婚的人都是西格德。

布伦希尔德发现她的婚姻原来是一场骗局。她，身为奥丁的女武神之一，竟然没有嫁给世界上最勇敢的男人；她，一个从未遭遇过谎言的人，如今竟然被欺骗了。布伦希尔德一句话说不出来，原先所有的傲气都化为了对西格德的仇恨。

于是，她跑去找丈夫贡纳尔，说她受到了奇耻大辱，再也体会不到生活在宫中的乐趣：他将再也见不到她品尝美酒，或用金线绣花，再也听不到她口中的甜言蜜语。说着，布伦希尔德扯断了正在编织的线网。她声泪俱下，宫里的人听得一清二楚。平日不可一世的王后如此痛哭，众人都惊诧不已。

这时，西格德走上前来，表示愿意用法夫纳所有的宝藏作为补偿。他还向布伦希尔德解释了自己为何会忘记她，并请求她原谅自己为兄弟骗婚这一行为。但布伦希尔德告诉他："西格德，一切都太迟了，如今我的心中只剩怒火。"

当贡纳尔走近时，布伦希尔德对他说，只要他能杀死西格德，她就会原谅他，并且会以之前从未有过的方式去爱他。尽管布伦希尔德的哭诉深深打动了贡纳尔，可他还是不愿杀死西格德，毕竟西格德是他的结拜兄弟。

于是，布伦希尔德又找到霍格尼，请求他杀死西格德，并告诉他如果西格德死了，法夫纳所有的宝藏都将归尼伯龙根家族所有。然而，霍格尼也不愿动手，因为他们兄弟之间情谊深厚。

但有一个人并未与西格德结为兄弟，他就是古托姆，贡纳尔和霍格尼同母异父的兄弟。布伦希尔德找到古托姆。古托姆不想与西格德发生冲突，但布伦希尔德发现他是个意志薄弱而且拿不定主意的人。有了古托姆，她便可以设法杀死西格德。布伦希尔德甚至做好了与西格德同归于尽的准备。

布伦希尔德用蛇毒和狼肉做了一道菜，吃下它的人会陷入疯狂。吃了这道菜的古托姆丧失心智，只得听从布伦希尔德的指示。布伦希尔德吩咐他潜入西格德的卧室，用剑刺穿他的身体。

古托姆照做了。然而，西格德在咽下最后一口气之前，拔出神剑格拉墨，朝古托姆扔去，把他劈成了两半。

布伦希尔德知道事已办成，于是走出门外，来到西格德引以为傲的坐骑格拉尼伫立的地方。她待在那里，用两只手臂环抱格拉尼的脖颈，这位曾经的瓦尔基里依偎着八足神马斯莱普尼尔的后代。格拉尼似乎听到了什么声音。当它听见古德露恩伏在地上为西格德哭泣时，格拉尼也因心碎而死去。

众人把西格德的尸体从宫殿里抬出来。布伦希尔德走到他身边，拔出一把剑刺进了自己的心脏。布伦希尔德就这样离开了人世。她曾因违背奥丁的旨意被贬为凡人，如今又因一场骗局成了凡人的妻子。

他们把西格德和他的坐骑格拉尼、他的头盔以及他的金制战铠统统放到一艘巨大的彩绘船上。众人不由得把布伦希尔德放在西格德身旁，她那一头如神迹般闪耀的长发，以及俊俏而坚毅的面容都与生前别无二致。他们将两人并肩而置，然后把船推向大海。当船漂到水面上时，人们便将它点燃，布伦希尔德再次沉睡于火焰之中。

于是，西格德和布伦希尔德一同前往海拉所掌管的冥界，与光明之神巴德尔和他的妻子南娜相聚。

贡纳尔和霍格尼害怕受到宝藏的诅咒，于是把这堆积成山的金银珠宝运到了河边。多年以前，赫瑞德玛的铁匠铺和矮人安德瓦利的洞穴正是在这条大河附近。贡纳尔和霍格尼站在河中央的岩石上，把黄金和珠宝扔进河里，安德瓦利的宝藏将永远埋在水流深处。水中女神重新获得了她们失去的宝物。不过，她们能够守护它并为此欢唱的日子并不长久，因为芬布尔之冬正向人间袭来，而“拉格纳洛克”，即“诸神的黄昏”也将降临到阿斯加德众神身上。

第十一章
诸神的黄昏

雪降落在四方大地，寒霜侵袭，风暴遮蔽了太阳和月亮。春不来，夏未至，也没有秋天的丰收和果实，冬天过后仍是无尽的寒冬。这便是芬布尔之冬。

这雪一下就是整整三年。第一年被称为“风之冬”：狂风四起，大雪压境，几乎没有人类的孩童能够活过这个冬天。

第二年被称为“剑之冬”：存活下来的人们为争夺所剩无几的食物，烧杀抢掠，无恶不作；父子兄弟相残，世间战火不断。

第三年被称为“狼之冬”：居住在铁森林迦瑞沃德的女巫之首，用无人埋葬的骸骨和战死之人的尸首喂养恶狼玛纳加尔姆。恶狼迅速成长为一头巨兽，它的目标是将月亮玛尼吞进肚里。瓦尔哈拉的英灵战士们将会发现，他们的座椅上沾满了从玛纳加尔姆的巨颚中溅出的鲜血。对诸神来说，这预示着最后一场战役即将来临。

在地下深处，冥后海拉所居住的宫殿附近，有一只雄鸡啼叫起来：这只铁锈色公鸡的啼鸣在地底世界引发了一阵骚动。在约顿海姆，有一只深红色的雄鸡费雅勒。巨人们听到它的叫声，纷纷站立起来。在阿斯加德的云端之上，一只金色的公鸡古林肯比也啼叫着与它们呼应，瓦尔哈拉的英灵战士们听见后士气高涨。

在地下深处，一条恶犬狂吠起来：那是加姆，它正张着血盆大口，在格尼巴洞穴[1]中咆哮。听到吠声的矮人在他们的石门前呻吟；世界之树伊格德拉西尔的每一片树叶都在瑟瑟作响；巨人们开动纳吉尔法时，发出轰隆一声，响彻九界；当穆斯贝尔海姆的军队集合马匹时，铁蹄踏地的声音也随之传来。

不过，约顿海姆、穆斯贝尔海姆以及赫尔海姆仍在战栗中等待时机：巨狼芬里尔或许仍未挣脱诸神对它的束缚。若是没有巨狼助力，恐怕难以让阿斯加德全军覆灭。接着，山石崩裂，芬里尔挣断了锁链。恶犬加姆在格尼巴洞穴中再次狂吠起来。

然后可以听到：穆斯贝尔海姆铁骑的疾驰声；洛基的笑声；海姆达尔吹响的号角声；瓦尔哈拉的五百四十道门被缓缓推开，每道门中已有八百名勇士列队等候。

奥丁与密米尔的头颅[2]商量对策。奥丁从智慧之泉捞出密米尔的头颅，并使用卢恩符文的魔力，让头颅开口与他交谈。阿萨神族、华纳神族，以及从米德加尔德挑选出来的英灵战士恩赫里亚应该在何处集结？神族又该如何与来自穆斯贝尔海姆、约顿海姆和赫尔海

1 Gnipa's Cave，意为“山顶洞”，是赫尔海姆入口旁边的洞穴，一头名为加姆的地狱犬被拴在这里守护着冥界入口。

2 密米尔是智慧之泉的主人，他给予奥丁使用符文的智慧，但在神族战争中被斩首，后被奥丁复活。

姆的恶势力抗衡？密米尔的头颅建议奥丁在维加德平原迎战敌军，在此足以展开一场摧毁所有邪恶力量的战役，尽管奥丁所统治的世界也将就此陨灭。

穆斯贝尔海姆的铁骑兵率先抵达彩虹桥碧佛洛斯特。他们打算将诸神之城夷为平地，再给它一把火烧光。然而，彩虹之桥在骑兵的重压下断裂了，他们无法到达诸神之城。

尘世巨蟒耶梦加得从海里探出身子，掀起滔天巨浪。洪水淹没大地，将尚存于世的人类尽数卷入海中。强劲的洪流托起纳吉尔法，那是巨人们用死者的指甲拼接出来的巨船。冥界之船也顺势浮在水面之上。约顿海姆的战士集体登上纳吉尔法，巨人希密尔驾驶着指甲船向诸神发起进攻。冥界之船由洛基掌舵，巨狼芬里尔也在船上，父子俩一道奔赴最后的战场。

由于彩虹桥碧佛洛斯特已然倒塌，阿萨和华纳的男女诸神、英灵战士恩赫里亚、女武神瓦尔基里只好骑马穿越桑德河域，向维加德平原进发。奥丁头戴金盔，手持长矛贡尼尔，骑马冲在队伍最前面，索尔和提尔则守在他身旁。

华纳神族负责镇守在黑暗森林密尔克维德，以抵御穆斯贝尔海姆军队的进攻。在断裂的彩虹桥尽头，出现了一批又一批全副武装的铁骑兵，他们身上散发出耀眼的火光，所到之处皆会燃起火焰。尼奥尔德和他的巨人妻子斯卡蒂将在此迎战，身穿战袍的女巨人毫不胆怯，甚至战意十足；弗雷和芙蕾雅兄妹也驻守于此，而弗雷的妻子吉尔达则化身为女武神守在丈夫身边。苏尔特尔的火焰之剑闪耀着刺眼的光芒。除了弗雷送给史基尔尼尔的胜利之剑外，没有任何一把宝剑能像它一样闪耀。弗雷与苏尔特尔交手，却不幸殒命，倘若胜利之剑在手，弗雷绝不会在这场战斗中失去性命。

就在这时，恶犬加姆张着血盆大口，发出了第三声吠叫。它挣脱锁链的束缚来到地上世界，朝众神集结的维加德平原狂奔而去。一路上，恶犬加姆狂吠不止。巨鹰赫拉斯瓦尔格尔在天空边缘尖声惊叫，刺耳的声音划破苍穹。世界之树伊格德拉西尔的每一条根须都在颤抖。

众神在维加德平原摆开阵势，以迎击约顿海姆和赫尔海姆的战船、穆斯贝尔海姆的铁骑兵，以及嘴里淌着鲜血的恶犬加姆。尘世巨蟒耶梦加得也从环绕平原的大海中爬了出来。

在这千钧一发之际，奥丁对守卫在身边的诸神和英灵战士说了什么呢？“这一战，我们会献出自己的生命，世界将遭到毁灭，但我们必须战斗到底，与邪恶势力同归于尽，为后世子孙永除祸患。”巨狼芬里尔从冥界之船一跃而下，它张开血盆大口，下颚紧贴着地面，上颚直抵天空。众神之父奥丁出战迎击巨狼芬里尔。索尔无法抽身相助，因为他还得对付体形庞大的蛇怪耶梦加得。

芬里尔将奥丁活吞了下去。但此时，年轻的神祇也加入了决战的队伍。沉默之神维达与芬里尔正面交锋，他用脚踩住巨狼的下颚，脚上穿的厚靴子正是由世间所有的鞋匠用剩的皮料制成。接着，维达用手抓住巨狼的上颚，撕裂了它的喉咙。芬里尔，诸神最强劲的敌人，就这样被杀死了。

尘世巨蟒耶梦加得原本打算倾吐口中的毒液将一切淹没，但索尔却一个箭步上前，用巨锤妙尔尼尔给予它致命一击。接着，索尔向后退了九步，但是巨蛇的毒液还是溅到了他身上。索尔双目失明，浑身灼伤，最终窒息而亡。索尔，世界的捍卫者，就这样牺牲了。

洛基下了船后，与彩虹桥的守卫者海姆达尔展开了激烈的战斗。洛基杀死了海姆达尔，可是自己也伤重而死。

提尔在战场上浴血奋战。他曾为束缚巨狼芬里尔牺牲了右手，此刻正用独臂挥剑，杀死了一个又一个邪恶的敌人。可最后，提尔还是被张着血盆大口的恶犬加姆所害。

战斗进行到此刻，穆斯贝尔海姆的铁骑兵也纷纷冲上平原。他们手上的武器闪着火光，身边蔓延着能将一切吞噬的烈焰。苏尔特尔在地面放了一把火，点燃了世界之树伊格德拉西尔，树上的每一根枝条都烧了起来。世界之树在熊熊烈火中化成了灰烬，不过，苏尔特尔和他的铁骑兵也被一道掩埋在这片火海之中。

恶狼哈提追上了太阳苏尔，恶狼玛纳加尔姆追上了月亮玛尼。两头狼分别将日月吞入腹中。至此，星辰陨落，人间被笼罩在无尽的黑暗中。

海水淹没了被焚毁的大地，没有了苏尔和玛尼，海上的天空也只剩下一片漆黑。但最后，海水退去，大地重新露出水面，绿意盎然，美丽如初。天上又出现了一对新的太阳和月亮，一个是苏尔的女儿，一个是玛尼的女儿，她们身后也不再有恶狼追逐。

四位年轻的神祇伫立在世界之巅，他们分别是奥丁的儿子维达和瓦利，以及索尔的儿子摩迪和曼尼。摩迪和曼尼找到了父亲的雷神之锤妙尔尼尔，用它杀死了仍在人间作恶的猎犬加姆和巨狼玛纳加尔姆。

维达和瓦利在草丛中发现了若干刻有卢恩符文的金碑，上面记载了阿斯加德诸神的智慧。通过这些文字，他们得知在阿斯加德上方还有一处天宫，叫金姆利，就连苏尔特尔的火焰也无法触及。

天宫的主人是威利和菲，分别代表“意志”和“神圣”。巴德尔和霍德尔离开冥界，赶来与诸神会合。众神齐聚在山顶之上，彼此交谈，追忆着“拉格纳洛克”，即“诸神的黄昏”到来之前的秘事及过往。

而在森林深处，天火未能触及之地，正有一男一女苏醒过来。两人在林间沉睡，醒来时大地已是一片绿意。女人名叫利弗，男人名叫利弗特拉希尔，他们以朝露为食，走遍了世界的每一个角落，世间的男男女女皆由他们及他们的后代繁衍而来。

（全文完）

三个圈

经典就读三个圈　导读解读样样全

三个圈
独家文学手册

图文解读

北欧神话对西方奇幻文化的影响

北欧神话是斯堪的纳维亚地区所特有的一个神话体系，虽相较其他神话体系来说起步较晚，但具有与众不同的传奇色彩，并逐渐被大众熟知，成为西方很多重要奇幻作品的起源。

北欧神话有着绚烂又独特的故事体系，比如独有的九大国度、多种多样的种族和神祇。作为世界神话体系之一，可以说，没有北欧神话，就没有现在辉煌的西方奇幻文化，很多西方奇幻作品的设定都参考了北欧神话中的内容。

受北欧神话影响最大的当属《魔戒》系列，其中受到广泛关注的“魔戒”以及种族设定正来源于北欧神话。其他影视作品如《纳尼亚传奇》《冰与火之歌》以及漫威系列；游戏作品如《魔兽世界》《英雄联盟》《刀剑神域》等都同样受到北欧神话的影响。

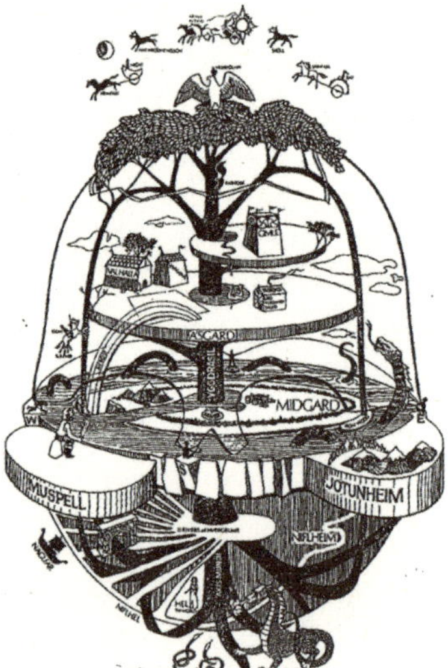

世界树——伊格德拉西尔

一、北欧神话在世界观上对西方奇幻作品的影响

北欧神话中世界观的设定与其他神话略有差异。北欧神话中的众神并非不死不灭的，他们面临着无法逃脱的悲剧般的命运——“诸神的黄昏”。这是一场带有预言性质的末日之战，预示着诸神的陨落，也是北欧神话的结局。神明并非万能的，世界也并非永恒的。在“诸神的黄昏”来临前，会出现非常多的先兆，而众神都以一种坦然的心态来迎接这场末日之战，整个故事的发展因此蒙上了悲壮的色彩，更像是一曲诸神的赴死之歌。但实际上“诸神的黄昏”并非终结与灭亡，而是对重生与希望的隐喻。黄昏过后会进入黑暗时刻，但光明终将再次降临。在旧世界终结的同时，新的世界也在孕育、产生并且比旧世界更加美好。

“黄昏”前的“寒冬”

北欧神话的这一独特的世界观成为许多西方奇幻作品的灵感来源，如“诸神的黄昏”的先兆是人类将面临的芬布尔之冬，它包含三个漫长严冬。没有阳光的冬天带来了猜忌与恶意、冲突与战争。

《权力的游戏》开头一直在重复“凛冬将至”，后来各个族群之间上演的生死大战，与北欧神话中的“诸神的黄昏”类似。北欧神话中奥丁预见了这一结局，便建造了瓦尔哈拉，将在人间战死的英雄的亡灵召集于此，为最后的战争做准备。《权力的游戏》中雪诺预示战争、召集军队为“生死大战”做准备正是源于北欧神话的这一设定。

芬布尔之冬　路易斯·莫所绘（1929）

欲望的循环

歌剧《尼伯龙根的指环》的第四幕直接使用“诸神的黄昏”这一标题，来暗示这是一场关于欲望的战役与牺牲。在第四幕中，各方势力对指环的抢夺造成大量死亡，经过一系列悲剧后，受到诅咒的指环又重新变为莱茵河的黄金，财富和权势最终化成了永恒的虚无，世界重归平静，仿佛是结束了一次欲望的循环，等待下一个贪婪的人的到来。

命中注定的众神之战　弗里德里希·威廉·海涅所绘（1882）

毁灭与新生

电影《雷神3：诸神黄昏》也改编自北欧神话中的末日之战，在“索科维亚战役”两年后，雷神索尔得知“诸神的黄昏”的预言，他想阻止阿斯加德的毁灭，因此与死神海拉展开对抗。最终虽然无法逆转诸神的黄昏，但雷神索尔凭借各方帮助拯救了阿斯加德的人民，并带领他们前往地球开启新的生活。电影中的“诸神的黄昏”虽是一场浩劫，但最终迎来了光明、希望的结局。

此外还有非常多以“诸神的黄昏”命名的西方奇幻作品，如《诸神的黄昏》系列电视剧、《战神：诸神黄昏》大型游戏等。

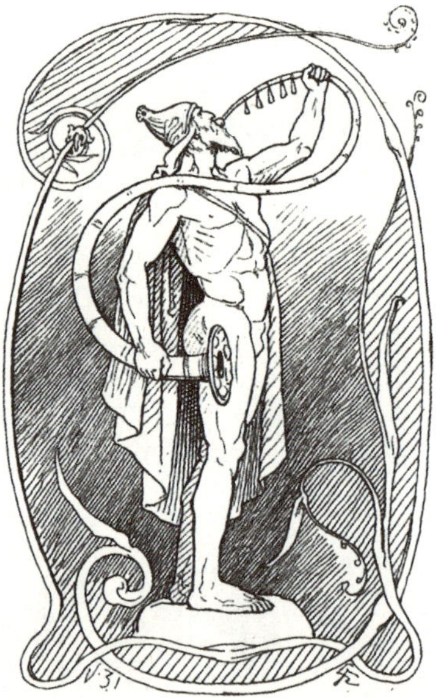

海姆达尔站在彩虹桥前，在诸神黄昏时吹响加拉尔号角。
路德维希 · 皮奇所绘（1895）

二、北欧神话在种族设定上对西方奇幻作品的影响

在西方奇幻作品中，我们经常能看到多种多样的、与人类不同的种族设定。这些种族都能够从北欧神话中找到出处，如精灵族、矮人族、巨人族、阿萨神族等。不论是影视作品还是游戏，北欧神话为它们提供大量非人智慧种族的设定，这些种族在其中往往也具有特定的作用：帮助或阻碍主人公达成目的，由于独特性而造成笑料，抑或是引起观众、玩家的恐惧感。影视作品也利用独特的种族设定来吸引大众兴趣。

巨人族

巨人是北欧神话中的最初生物。巨人尤弥尔诞生于冰雪之国与火焰之国的交界之处。诸神用尤弥尔的身体创造了世界，而他的后代则是世界秩序的破坏者和诸神的敌人。西方奇幻作品经常利用巨人的庞大特性及其与诸神对立的立场创造某一邪恶阵营的角色，并在巨人本身所具有的特质上进行细化与润色。

游戏《龙与地下城》中的巨魔设定就来自巨人，它们的身高一般在3米以上，体重227千克左右，对人类来说是一种庞然大物。此外，《魔戒》中的食人妖也是体型庞大壮硕、智力低下的巨人。它们身体强壮，习性残暴凶猛，却不能忍受阳光的照耀。为观众所熟知的应当是电影《霍比特人》中的汤姆、伯特和威尔·哈金斯。

巨人形象

精灵族

在很多西方奇幻作品里都有精灵一族的身影。在北欧神话中，精灵产生于巨人尤弥尔的尸体，分别从尸体向光和背阴的一面生出了光明精灵与黑暗精灵。光明精灵性情温和、长相美丽，负责照看世间的花草树木，居住在阿尔夫海姆；黑暗精灵则阴暗邪恶，与矮人一起居住在斯瓦塔尔法海姆。受北欧神话中光明精灵的影响，西方奇幻作品中的精灵多光明耀眼、性情温和、开朗热情。

在托尔金的创世神话中，精灵是最得偏爱的一族，他将漫长的寿命、美丽的外表、优雅的风姿以及最美好的语言（由卢恩字符所编）赋予精灵，使精灵成了美好的代名词。由《魔戒》改编的电影《指环王》中精灵一族的形象更是令人过目难忘，奇特的形象总能吸引观众的兴趣。此外，在《权力的游戏》《哈利·波特》《霍比特人》《精灵宝钻》等西方奇幻电影中也都能看到这种耳朵尖尖、长相漂亮的类人生物。也有一些西方奇幻作品更注重强调黑暗精灵，如《战锤》中的黑暗精灵、《魔兽》中的暗夜精灵等，他们拥有与光明精灵相反的特质。

精灵形象

矮人族

西方奇幻作品中的矮人族形象几乎也源自北欧神话。他们生活在大地之下、洞穴之中，身材矮小扭曲，面貌丑陋不堪，却各个都是打铁高手；他们生性多疑，喜爱宝物，拥有世界上最珍贵的宝藏。托尔金的《魔戒》《霍比特人》《精灵宝钻》等文学作品首次将他们的形象带到大众视野中。西方奇幻作品中的矮人族普遍50岁左右成年，能活到400岁。不论是样貌脾气，还是拥有的技能都与北欧神话中的描述类似。此外，在一些西方奇幻元素题材的游戏中，矮人也是人气非常高的种族之一，如《龙与地下城》《魔兽世界》《英雄无敌》《战锤》等作品中均有矮人的身影。

矮人摩索尼尔和杜林　路德维希·皮奇所绘（1895）

三、北欧神话在人物塑造上对西方奇幻作品的影响

北欧神话是西方奇幻作品中许多经典人物形象的来源，如众神之父奥丁、雷神索尔、女神芙蕾雅、巨龙法夫纳、火神与诡计之神洛基等。这些奇幻作品往往汲取了北欧神话中人物的主要特征，并在此基础上进行融合、修改与再创作，因此可以说北欧神话为西方奇幻作品中的相关人物设定提供了基础框架。

众神之父奥丁

奥丁是阿萨神族的主神，被誉为众神之父。在北欧神话中，奥丁手持永恒之枪贡尼尔、臂戴聚宝之环德罗普尼尔、身骑八足神马斯莱普尼尔、头戴金鹰盔、身披金铠甲。因为奥丁用一只眼睛向密米尔换取了智慧之泉的泉水，所以独眼也成为奥丁的重要特征。此外，奥丁还有两只神鸦，它们通晓古今，能预测未来。奥丁还拥有至高王座希利德斯凯拉夫，坐在上面能看到每一个游走于世间的人。

北欧神话中的奥丁形象被众多西方奇幻电影所吸收，如漫威系列电影中的奥丁，就完美还原了北欧神话中的奥丁形象，独眼、实力强悍、手握长矛、身披金甲，手臂上还有乌鸦。在《雷神3：诸神黄昏》中，奥丁还以流浪者的形象出现，这也是因为北欧神话中奥丁曾以流浪者威格坦姆的身份游历人间。北欧神话中众神之父的形象为影视作品中的奥丁增添了更多的权威性与庄严感。

奥丁向虚空宣战　劳伦兹·福乐利希所绘（1895）

雷神索尔

在北欧神话中，雷神是战神，他冲动易怒、战斗力强悍。自从矮人勃洛克将巨锤妙尔尼尔献给雷神索尔后，雷神就无时无刻不带着它，于是雷神的形象就与巨锤绑在了一起。在《雷神》系列电影和《复仇者联盟》中，雷神带着标志性的战锤，被塑造为战斗力强悍的硬汉形象。

雷神索尔驾着他的战车　路德维希·皮奇所绘（1865）

火神洛基

在北欧神话中，火神洛基原是阿萨神族主神奥丁的结义兄弟，他生性聪明、个性狡猾奸诈，经常出言不逊。由于经常制造恶作剧而成为诡计之神。正是由于这种“亦正亦邪”的性格，奇幻作品对“洛基”的设定变得大胆且五花八门。

例如在漫威系列作品中，洛基是一个超级大反派兼反英雄，并且被设定成奥丁的养子，从小与雷神索尔一起长大。他崇拜索尔，同时也嫉妒索尔一直受奥丁重视、受众神爱戴，而自己却被众神忽视。为了弥补内心的不平衡，他制造了一系列麻烦。

洛基在与索尔交战时逃跑　路德维希·皮奇所绘（1865）

四、北欧神话在情节上对西方奇幻作品的影响

北欧神话中大量引人入胜、动人心魄的情节，被很多西方奇幻作品借鉴来设定故事背景或用以推动剧情的发展，如《魔戒》《霍比特人》《冰与火之歌》《尼伯龙根的指环》等。

在北欧神话中，洛基为了补偿赫瑞德玛儿子的死，抢走了安德瓦利的宝藏，其中最有价值的就是安德瓦利的戒指，因为这枚戒指能产出金子，上面还刻有卢恩符文。就在洛基抢走戒指时，安德瓦利对戒指施加了诅咒——它会消磨持有者的好运，让持有者始终与罪恶纠缠。因此，北欧神话中所有拥有过这枚戒指的人，都未得善终，如法夫纳弑父与被杀、法夫纳与雷金两兄弟反目成仇、布伦希尔德对西格德由爱转恨等。这枚戒指给西方奇幻作品提供了大量创作灵感，小小一枚戒指引发了一连串奇特的故事。

《魔戒》的主要线索

《魔戒》的主线故事就是由一枚戒指引发的，主角佛罗多在不知情的状况下继承了一枚戒指，这枚戒指充满魔力，拥有奴役全世界的力量。善恶双方都想夺得这枚戒指，但所有得到戒指的人，都会被蛊惑，从而激起贪欲。魔王想要拥有戒指统治世界，主角佛罗多也曾产生过将其占为己有的阴暗心理。显然，这一设定的源头就是北欧神话中安德瓦利的戒指。

至尊魔戒

《尼伯龙根的指环》中悲剧的源头

歌剧《尼伯龙根的指环》中同样存在一个威力巨大的指环：莱茵河下藏有被莱茵河神之女守护着的魔金，如果有人起誓放弃爱情就可得到魔金，将其铸成指环即可统治世界。尼伯龙根人阿尔贝里希因受到河神之女的嘲弄，起誓放弃爱情，因此取得了魔金并铸成指环，成为世界之王。神王沃坦命巨人为众神建造瓦尔哈拉宫，并答应事成之后将女神弗里雅许配给巨人。瓦尔哈拉宫建成后，沃坦却对巨人悔约，答应以指环换回弗里雅。沃坦用诡计取得阿尔贝里希的指环，阿尔贝里希在绝望之中诅咒得到指环之人必遭非命。果然巨人在得到指环后便相互厮杀起来。《尼伯龙根的指环》第一幕中这枚遭受诅咒的指环同样借鉴了北欧神话中相应的设定。

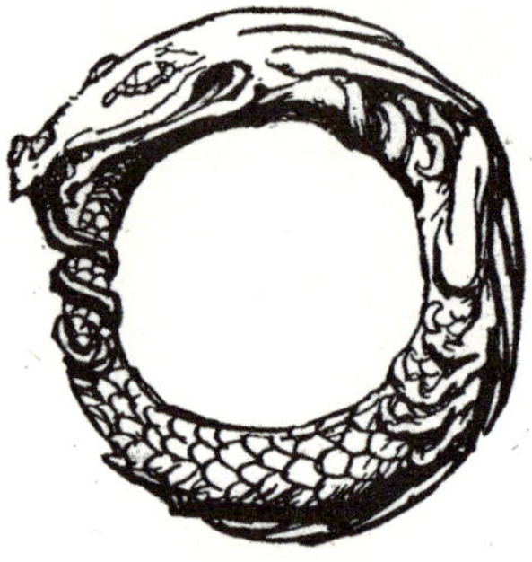

尼伯龙根指环

北欧神话不仅有着独一无二的世界观、生死观，还创造出奇特的种族以及丰富动人的情节。这些设定不仅让人眼前一亮，还为西方奇幻作品提供了灵感，是它们的创作温床，使“奇幻”真正成为“奇幻”。

索尔穿越河流，其余的阿萨神族跨越彩虹桥
路德维希·皮奇所绘（1865）

译名表

（按拼音顺序）

A

阿尔夫海姆（Alfheim）精灵之国
阿尔弗（Alv）国王，西格德的继父
阿格纳（Agnar）国王赫劳丁的长子
阿萨神族（Aesir）两大神族之一
阿斯加德（Asgard）阿萨神域，诸神的居住地
埃尔迪尔（Elder）埃吉尔的仆人
埃吉尔（Aegir）深海之神
埃莉（Ellie）巨人，代表年老
埃琉德尼尔（Elvidnir）冥后海拉的宫殿
埃特瓦德（Atvarder）火焰之殿的十堵墙之一
安德瓦利（Andvari）矮人，宝藏持有者
安格尔伯达（Angerboda）女巫，洛基之妻
奥丁（Odin）众神之父
奥都尔（Odur）夏日之神，芙蕾雅的丈夫
奥尔露恩（Orlun）女武神之一
奥利（Ori）火焰之殿的十堵墙之一

B

巴德尔（Baldur）光明之神，奥丁之子
巴里（Barri）森林，弗雷与吉尔达幽会的地点
巴利（Barri）火焰之殿的十堵墙之一
巴乌吉（Baugi）巨人苏图恩的弟弟
贝利（Beli）湖之守卫
毕尔斯基尔尼尔（Bilskirnir）闪电宫，雷神索尔和妻子西芙的住处
碧佛洛斯特（Bifröst）彩虹桥
勃格尔密尔（Bergelmir）始祖巨人尤弥尔之子
勃洛克（Brock）矮人，曾与洛基立下赌约
博格希尔德（Borghild）西格蒙德之妻
布拉吉（Bragi）诗歌、智慧与雄辩之神
布兰斯托克（Branstock）长在伏尔松格大殿中央的巨橡树
布里希嘉曼（Brisingamen）芙蕾雅的项链

布利（Bur）祖神，众神之祖
布列达布利克（Breidablik）光明宫，光明之神巴德尔及其妻子南娜的住处
布伦希尔德（Brynhild）女武神之一

D

德利（Derri）火焰之殿的十堵墙之一
德林格（Dellinger）火焰之殿的十堵墙之一
德罗普尼尔（Draupnir）聚宝之环
德洛米（Dromi）锁链之名

E

厄姆特（Ermt）云河
恩赫里亚（Einherjar）英灵战士

F

法夫纳（Fafnir）巨龙
法亚拉（Fjalar）矮人
菲（Ve）天宫之主
费玛芬格（Fimaffenger）埃吉尔的仆人
费雅勒（Fialar）约顿海姆的公鸡
芬布尔之冬（Fimbul Winter）
芬里尔（Fenrir）恶狼
芬撒里尔（Fensalir）雾之宫
弗雷（Frey）丰饶之神
弗雷奇（Freki）奥丁的两头狼之一
弗丽嘉（Frigga）天后，众神之父奥丁之妻
弗洛斯特（Frost）冰霜
伏尔隆德（Völund）天鹅新娘亚尔薇特的丈夫
伏尔松格（Volsung）西格蒙德所在的家族
芙蕾雅（Freya）爱神，奥都尔之妻

G

盖尔罗德（Gerriöd）巨人
戈拉（Galar）矮人
戈提（Goti）贡纳尔的坐骑
格嘉普（Gialp）巨人盖尔罗德之女
格蕾普（Greip）巨人盖尔罗德之女
格拉墨（Gram）圣剑
格拉尼（Grani）西格德的坐骑
格拉普（Glapp）巨人盖尔罗德的仆人
格拉希尔（Glasir）长有金叶的树
格拉兹海姆（Gladsheim）奥丁的宫殿
格莱普尼尔（Gleipnir）锁链名
格里姆希尔德（Grimhild）古德露恩之母
格莉德（Grid）巨人老妇
格萝亚（Groa）女巫
格尼巴（Gnipa）洞穴名
格尼塔（Gnita）荒原名
贡纳尔（Gunnar）国王吉乌基之子
贡尼尔（Gungnir）奥丁的长矛
古恩露德（Gunnlöd）巨人苏图恩之女

古尔薇格（Gulveig）女巫

古林肯比（Gullinkambir）阿斯加德的公鸡

古托姆（Guttorm）国王吉乌基的继子，贡纳尔和霍格尼的兄弟

H

哈提（Hati）追逐月亮的恶狼

海德伦（Heidrun）山羊

海尔姆古纳（Helmgunnar）国王

海拉（Hela）冥后

海姆达尔（Heimdall）彩虹桥守卫者，奥丁与扬波九仙女之子

荷拉德古娜（Hladgrun）女武神之一

赫尔海姆（Helhiem）冥界

赫尔莫德（Hermod）神使，奥丁之子

赫拉斯瓦尔格尔（Hræsvelgur）巨鹰

赫劳丁（Hrauding）国王

赫利姆法克斯（Hrimfaxe）霜之马

赫诺丝（Hnossa）芙蕾雅之女

赫瑞德玛（Hreidmar）欧特、法夫纳和雷金之父

赫瓦格密尔（Hveigelmer）尼福尔海姆的大锅

黑暗精灵（Gnome）

胡金（Hugin）奥丁的两只乌鸦之一

华纳神族（Vanir）

霍德尔（Hödur）黑暗之神，奥丁之子

霍格尼（Högni）国王吉乌基之子

J

基利（Geri）奥丁的两头狼之一

基罗德（Geirrod）国王赫劳丁的次子

吉尔达（Gerda）巨人，弗雷之妻

吉灵（Gilling）巨人

吉米尔（Gymer）巨人，吉尔达之父

吉欧尔（Gиöll）河流名

吉乌基（Giuki）尼伯龙根国王

加拉尔号角（Gialarhorn）

加姆（Garm）恶犬

迦瑞沃德（Jarnvid）铁森林

金伦加（Ginnungagap）无底鸿沟

金姆利（Gimli）天宫

K

科姆特（Körmt）云河

克瓦希尔（Kevasir）诗人

L

拉格纳洛克（Ragnarök）诸神的黄昏

拉塔托斯克（Ratatösk）松鼠

莱格尼（Lygni）国王

兰格维岛（Lyngvi）

澜（Ran）埃吉尔之妻

雷锭（Laeding）锁链名

雷金（Regin）赫瑞德玛之子

雷拉迪尔（Læradir）生命之树

利弗（Lif）幸存的女人

利弗特拉希尔（Lifthrasir）幸存的男人

利里尔（Rerir）伏尔松格之父
灵舡（Ringhorn）巨船
卢恩符文（Rune）
洛基（Loki）谎言与诡计之神，火神
洛吉（Logi）巨人，代表火焰

M

玛纳加尔姆（Managram）恶狼
玛尼（Mani）月亮
曼尼（Magni）索尔之子
米德加尔德（Midgard）人界
密尔克维德（Mirkvid）黑暗森林
密米尔（Mimir）智慧之泉的看守者
妙尔尼尔（Miölnir）雷神之锤
摩迪（Modi）索尔之子
莫德古德（Modgudur）看守金桥的少女
穆宁（Munin）奥丁的两只乌鸦之一
穆斯贝尔海姆（Muspelheim）真火之国

N

纳吉尔法（Naglfar）指甲船
南娜（Nanna）巴德尔之妻
尼奥尔德（Niörd）近海之神
尼伯龙根（Nibelung）国王吉乌基所在的家族
尼德霍格（Nidhögg）恶龙
尼福尔海姆（Niflheim）极寒之地
诺恩（Norns）命运三女神

O

欧特（Otter）赫瑞德玛之子

S

萨克特（Thaukt）女巫
沙赫利姆尼尔（Sæhrimnir）金鬃野猪
诗寇蒂（Skulda）命运三女神之一
史基尔尼尔（Skirnir）冒险者
斯基德布拉德尼尔（Skidbladnir）袖珍船
斯京法克斯（Skinfaxe）光之马
斯卡蒂（Skadi）巨人少女，尼奥尔德之妻
斯克里米尔（Skyrmir）巨人之城国王
斯库尔（Sköll）恶狼
斯莱普尼尔（Sleipner）八足神马
斯瓦迪尔法利（Svadilfare）巨马
斯瓦塔尔法海姆（Svartheim）矮人国度
苏尔（Sol）太阳
苏尔特尔（Surtur）火焰巨人
苏图恩（Suttung）巨人
索尔（Thor）雷神，奥丁之子
索列姆（Thrym）巨人

T

提尔（Tyr）战神，奥丁之子
提亚尔菲（Thialfi）农夫之子

W

瓦恩（Von）河流名
瓦恩斯（Varn）火焰之殿的十堵墙之一
瓦尔哈拉（Valhalla）英灵殿
瓦尔基里（Valkyries）女武神的统称
瓦弗斯鲁德尼尔（Vafthurdne）巨人智者
瓦拉斯克亚尔夫（Valaskjalf）奥丁主殿
瓦利（Vali）自然之神，奥丁与女巨人琳达之子
威格坦姆（Vegtam）奥丁的化名
威利（Vili）天宫之主
薇儿丹蒂（Verdandi）命运三女神之一
维达（Vidar）森林与沉默之神，奥丁与女巨人格莉德之子
维格德拉希尔（Vegdrasil）火焰之殿的十堵墙之一
维加德（Vigard）平原名
渥尔娃（Volva）女预言家
乌尔德（Urda）命运三女神之一，亦为泉名
乌特加德（Utgard）巨人之城

X

西芙（Sif）丰收女神，索尔之妻
西格德（Sigurd）屠龙英雄
西格恩（Siguna）洛基之妻
西格蒙德（Sigmund）西格德的父亲和儿子均用此名
西格妮（Signy）伏尔松格之女
西吉（Sigi）奥丁之子
西吉尔（Siggeir）国王
希奥尔迪丝（Hiordis）西格德之母
希恩达尔峰（Hindfell）火焰之殿所在地
希尔罗金（Hyrroken）女巨人
希利德斯凯拉夫（Hlidskjalf）奥丁的瞭望塔
希密尔（Hrymer）巨人，一英里酒壶持有者
夏基（Thiassi）巨人，斯卡蒂之父
辛德里（Sindri）矮人，勃洛克的兄弟
辛菲厄特利（Sinfiotli）西格蒙德之子
休吉（Hugi）巨人，代表思想

Y

亚尔薇特（Alvit）女武神之一
耶梦加得（Jörmungand）尘世巨蟒
伊敦恩（Iduna）青春女神，布拉吉之妻
伊芬（Ifling）河流名
伊格德拉西尔（Ygdrassil）世界之树
伊利（Iri）火焰之殿的十堵墙之一
尤利（Uri）火焰之殿的十堵墙之一
尤弥尔（Ymir）巨人始祖
尤尼（Uni）火焰之殿的十堵墙之一
约顿海姆（Jötunheim）巨人之国

欢迎您从《北欧神话》走进
读客三个圈经典文库

亲爱的读者，感谢您选择读客三个圈经典文库。

我们的封面统一使用“三个圈”的设计，读者可以凭借封面上形式各异的“三个圈”找到我们，走进经典的世界。

你想成为什么样的人？

对你来说什么是重要的？

这个世界应该是什么样子？

我们在生命中遇到的这些问题，或许可以在浩如烟海的文学经典中找到答案。

跟随读客三个圈经典文库，认识世界、塑造自我，成为更好的人！

《漫长的告别》

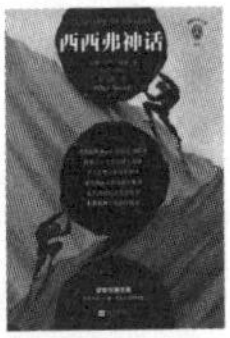

《西西弗神话》

《人间失格》

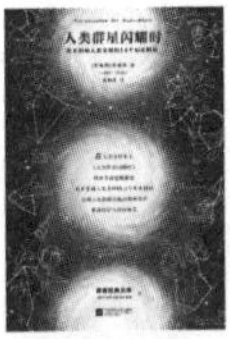

《人类群星闪耀时》

《鼠疫》

《小王子三部曲》

《局外人》

《月亮与六便士》

《基督山伯爵》

《罗生门》

读客三个圈经典文库

精神成长树

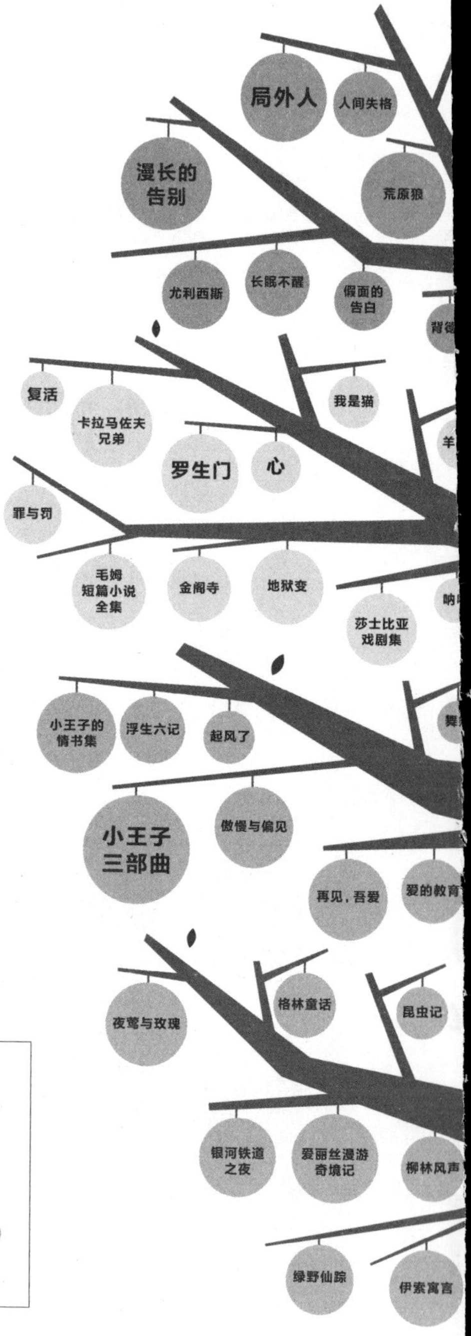

你想成为什么样的人？
对你来说什么是重要的？
这个世界应该是什么样子？

我们在生命中遇到的问题，每个时空的人都经历过，一些伟大的人留下一些伟大作品，流传下来，就成了经典。正是这些经典，共同塑造并丰富着人类的精神世界。

我们重新梳理了浩若烟海的文学经典，为您制作了精神成长树。跟随读客三个圈经典文库，汲取大师与巨匠淬炼的精神力量，完成你自己的精神成长！

树干：

不同的精神成长主题，您可以挑选任意感兴趣的主题进行深入阅读

例如：
寻找人生意义
探索自己的内心
拥有强大意志力
理解复杂的人性
…………

枝丫上的果实：

我们为您精选的经典文学作品

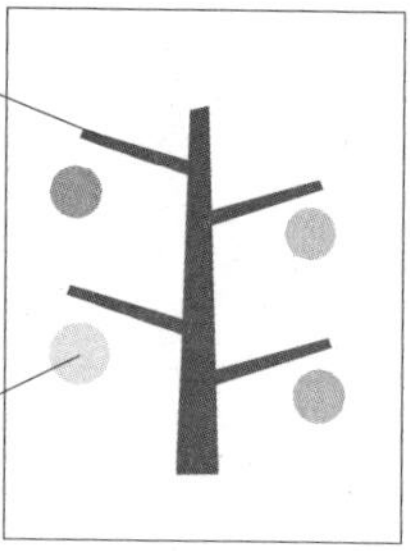

精神成长树示意图

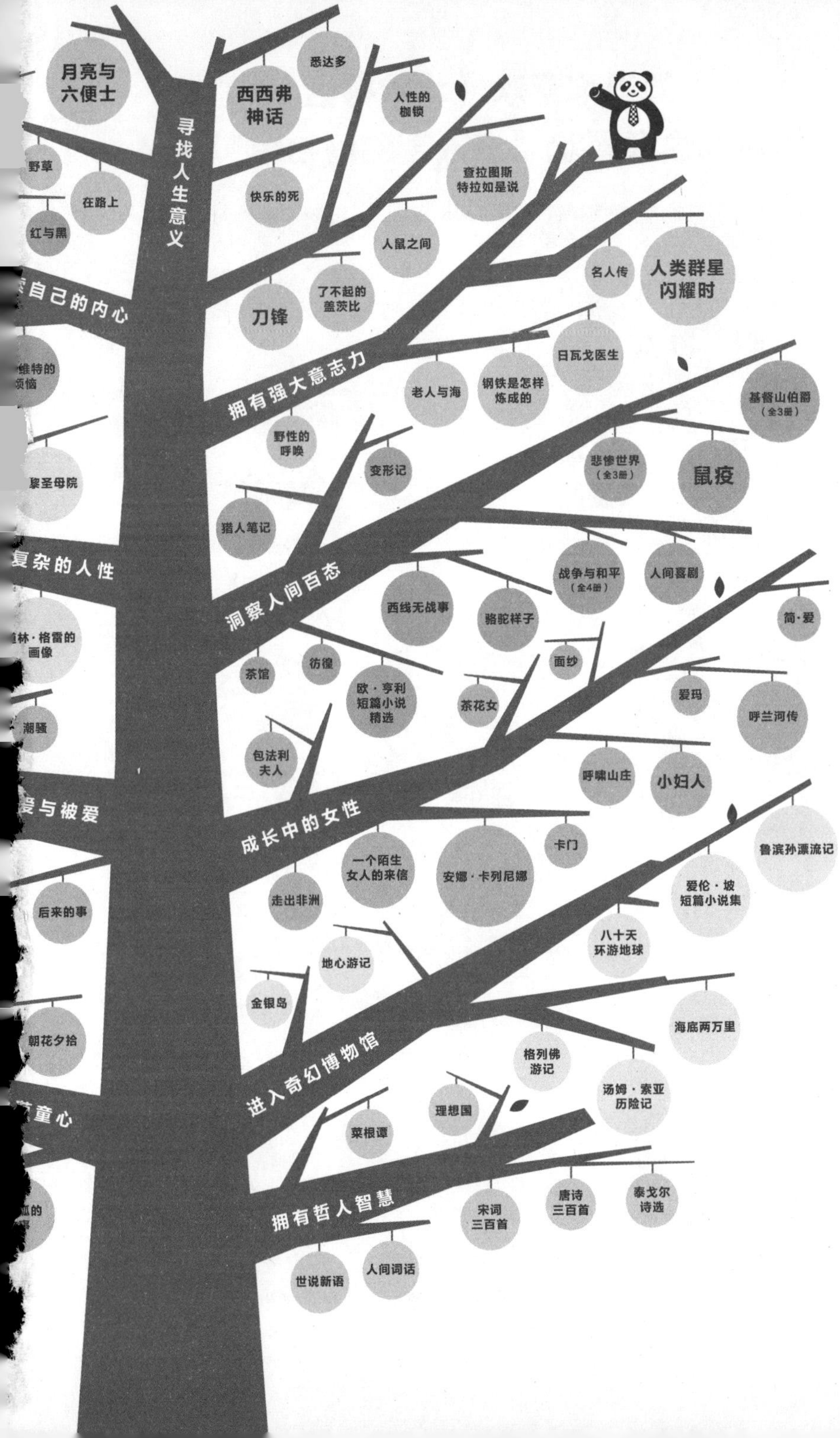

寻找人生意义
月亮与六便士
西西弗神话
悉达多
人性的枷锁
野草
在路上
快乐的死
查拉图斯特拉如是说
红与黑
人鼠之间
名人传
人类群星闪耀时
自己的内心
刀锋
了不起的盖茨比
拥有强大意志力
日瓦戈医生
老人与海
钢铁是怎样炼成的
基督山伯爵（全3册）
野性的呼唤
变形记
悲惨世界（全3册）
鼠疫
黎圣母院
猎人笔记
复杂的人性
洞察人间百态
西线无战事
骆驼样子
战争与和平（全4册）
人间喜剧
简·爱
画像
茶馆
彷徨
欧·亨利短篇小说精选
茶花女
面纱
爱玛
呼兰河传
潮骚
包法利夫人
呼啸山庄
小妇人
爱与被爱
成长中的女性
一个陌生女人的来信
安娜·卡列尼娜
卡门
鲁滨孙漂流记
走出非洲
后来的事
爱伦·坡短篇小说集
八十天环游地球
地心游记
金银岛
海底两万里
朝花夕拾
进入奇幻博物馆
格列佛游记
童心
理想国
汤姆·索亚历险记
菜根谭
拥有哲人智慧
宋词三百首
唐诗三百首
泰戈尔诗选
世说新语
人间词话

如果你喜欢《北欧神话》
你可能也会喜欢“进入奇幻博物馆”书单

《鲁滨孙漂流记》
文库编号：045

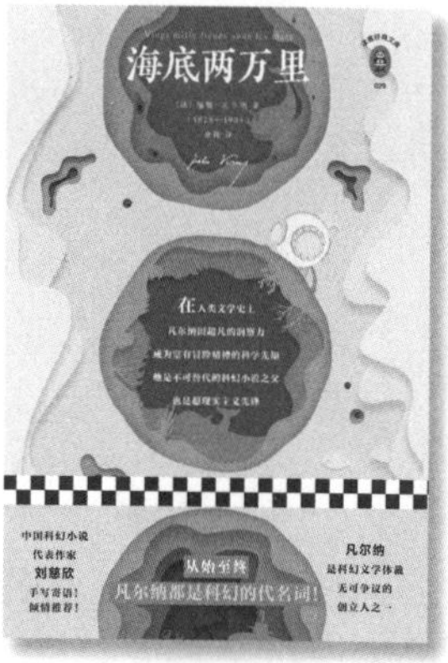

《海底两万里》
文库编号：029

《格列佛游记》
文库编号：046

《汤姆·索亚历险记》
文库编号：051

《哈克贝利·费恩历险记》
文库编号：052

《金银岛》
文库编号：020

《八十天环游地球》
文库编号：091

《地心游记》
文库编号：087